Kleinvieh macht auch Mist
und
Kurzgeschichten machen auch Spaß.

Wilfried Hildebrandt

Er, sie, Stress

Von Lasse Loos und Wanda Weck

40 Kurz- und Kleingeschichten aus 5 Jahrzehnten

tredition

© 2025 Wilfried Hildebrandt
Umschlag: tredition

Druck und Distribution im Auftrag des Autors:
tredition GmbH, Halenreie 40-44, 22359 Hamburg, Deutschland

ISBN
Paperback   978-3-384-51878-1
Hardcover   978-3-384-51879-8
e-Book   978-3-384-51880-4

Lob und Kritik bitte unter:

https://www.facebook.com/WilHilBooks/
oder
https://www.amazon.de/Wilfried-Hildebrandt/e/B075F5J6LQ
oder
https://shop.tredition.com/author/wilfried-hildebrandt-19556
oder
wilhil1@vodafone.de

Das gibt es hier zu lesen:

Diesmal was Kleines

Seit nunmehr 50 Jahren schreibe ich eifrig nieder, was mir ein- und auffällt. Auf meiner Erika-Schreibmaschine tippte ich damals mühsam im Zweifinger-System humoristische und satirische Geschichten sowie Aphorismen für den Eulenspiegel und für andere Zeitungen und Zeitschriften in der DDR. Später kam dann noch der Rundfunk dazu, denn auch die Macher der Sendung „Spaß am Spaß" fanden Spaß an meinen Sketchen und sendeten diese.

Nun schon 30 Jahre benutze ich einen Computer und habe damit bisher bereits acht Bücher geschrieben. Die Hardware hat sich zwar weiterentwickelt, aber ich tippe immer noch mit zwei Fingern.

Im Laufe von 50 Jahren haben sich viele mehr oder weniger lustige Kurzgeschichten angesammelt. Deshalb fasste ich den Entschluss, die meiner Meinung nach besten von ihnen endlich in einem Buch zu veröffentlichen. Ob meine Auswahl gelungen ist, möge die geneigte Leserschaft beurteilen.

Manche der folgenden Geschichten stammen aus den besagten damaligen Presseveröffentlichungen, aber viele sind bisher unveröffentlicht. Zur zeitlichen Einordnung habe ich die Storys mit der Jahreszahl der Entstehung versehen.

Statt Illustrationen, für die mir das Zeichentalent fehlt, gibt es nach manchen Kurzgeschichten mehr oder weniger passende sinnige Sprüche von mir.

Also dann, viel Spaß beim Lesen.

Er, sie, Stress

Lasse Loos und Wanda Weck (2024)

Kürzlich traf Lasse Loos seine alte Freundin Wanda Weck auf der Dorfstraße. Sofort begannen beide über ihre gemeinsamen Bekannten zu tratschen.

„Sag mal, Wanda, wusstest du eigentlich, dass Ellen Lang und Ida Oberstein beide denselben Freund haben?"

Wanda nickte.

„Ja, ich weiß und das ist Rainer Zufall."

Lasse bestätigte: „Genau der ist es! Aber hast du schon gehört, dass Kai Mauer neuerdings wieder scharf auf Rosa Schlüpfer, seine Ex, ist?"

Wanda war erstaunt.

„Nein, das wusste ich nicht. Ich dachte, der liebt Gitta Stebe."

Lasse verneinte das, um dann fortzufahren: „Und Hella Wahn möchte zu gerne wissen, worauf ihr Freund Oli Garch eigentlich steht." Da konnte Wanda helfen.

„Na, der liebt doch Anni Malisch."

„Aber ist die nicht mit Theo Retisch zusammen?"

Wanda widersprach und legte dann nach: „Und Heli Kopter ist jetzt auch wieder solo. Wahrscheinlich hat sie ihren Freund Ali Gator zu oft mit einem falschen Namen angesprochen."

„Mit welchem Namen denn?", fragte Lasse verwundert. „Mit Andi Arbeit", kicherte Wanda. Lasse antwortete lachend: „Da musste er ja gehen und ich kann mir auch schon vorstellen, zu wem."

Wanda war skeptisch.

„Wer will denn den schon haben?"

Lasse antwortete schnell: „Anne Will, die ist nicht sehr wählerisch, nachdem sie Adi Pös verlassen hat, als der seine Liebe zu Kathi Mehl entdeckte. Aber sag mal, was macht eigentlich unser duftes Traumpaar?"

„Meinst du Claire Grube und Axel Schweiß?"

„Ja, genau. Sind die noch zusammen?"

Wanda schüttelte traurig den Kopf.

„Nein, sie konnten sich irgendwann nicht mehr riechen. Aber soweit ich weiß, hat Claire schon einen Neuen."

„Dennis Guth", vermutete Lasse, aber Wanda widersprach.

„Nein, der wohl nicht. Eher tippe ich auf Ali Mente."

„Da muss sie sich aber Mühe geben, denn hinter dem ist auch Meta Maaß her", wusste Lasse. Wanda fiel noch etwas ein.

„Jetzt bin ich nur gespannt, wie sich Anna Bolika entscheidet – für Lexi Kohn oder Alma Mater ..."

„Klara Fall heißt die Neue", unterbrach Lasse. „Lexi Kohn und Alma Mater sind ihr einfach zu schlau."

Gleich darauf fragte er: „Kann es sein, dass Martha Fahl zu Wilma Bier gezogen ist?"

Wanda war skeptisch.

„Das glaube ich kaum, denn Wilma Bier ist doch mit Marc Brandenburg liiert. Ich denke eher, dass Abby Tour Martha Fahls neue Freundin ist. Die hat sich nämlich kürzlich von ihrem Freund getrennt, weil er immer nur telefoniert hat."

„Wer war denn dieser Freund?", wollte Lasse wissen. „Timo Beil, wer denn sonst?", erwiderte Wanda. „Ich glaube, der lebt seitdem mit Mara Tonn zusammen".

„Das stimmt nicht, denn die ist bei Kain Ende eingezogen. Aber sag mal, wie gehts eigentlich deinen Nachbarn, dem Fußballerpaar?"

„Wenn du Hertha Koeppen und Thore Schießer meinst, die sind geschieden. Sie ist zu Otto Mane gezogen, weil ihr Mann plötzlich sein Herz für Freya entdeckt hat."

„Meinst du Freya Platz?"

„Nein, ich meine Freya Raum. Freya Platz ist doch mit Klaus Trophob verlobt."

Lasse quälte noch eine weitere Frage.

„Weißt du eigentlich, wo Heide Kraut abgeblieben ist?"

„Ja, sie hat geheiratet, heißt jetzt Heide Park und ist nach Soltau gezogen", erklärte Wanda.

Lasses Neugier war immer noch nicht befriedigt.

„Hast du eigentlich eine Ahnung, ob Moni Thor wieder unter der Haube ist?"

Auch in diesem Fall erwies sich Wanda als auskunftsfreudig, denn sie antwortete: „Ja, sie hat ihren Traummann bei einer Gartenparty gefunden. Er kommt aus Prag und heißt Pavel Jong."

Plötzlich wurde Lasse unruhig.

„Oh, schau mal, wer da Schönes kommt!"

„Das ist doch Lore Ley. Bist du etwa scharf auf die?"

„Ja, sie ist meine große Liebe."

„Christian Steiffen", drohte Wanda lachend, „schlägt dir die Zähne aus, wenn er erfährt, dass du mit seiner Freundin rummachst."

Lasse erwiderte jedoch unbeeindruckt: „Der soll bloß still sein, sonst erzähle ich Lore, dass ich ihn neulich mit Marie Johanna erwischt habe."

> „Was für verrückte Namen es doch gibt",
> sagte Herr Sylvester Knall-Frosch zu Frau Betty Lotter-Keim.

Am Strand (1982)

Sie: Du, Heribert, schau doch mal!

Er: Was ist denn? Lass mich doch bitte lesen, Erna!

Sie: Du interessierst dich ja neuerdings nur noch für deine Bücher. Da hätten wir ja gleich zu Hause bleiben können.

Er: Also gut, Ernalein, was gibt es?

Sie: Sieh dir doch bitte mal die Frau dort an.

Er: Welche denn? Die im roten Badeanzug?

Sie: Nein, die im gelben Bikini.

Er: Ja, ja, sehr hübsch!

Sie: Ach, die gefällt dir wohl?

Er: Ich dachte, dir gefällt sie auch.

Sie: Wie kommst du denn darauf, dass mir diese alte Nebelkrähe gefällt?

Er: Aber du hast mich doch auf sie aufmerksam gemacht.

Sie: Lenk jetzt bitte nicht ab! Du benutzt offensichtlich unseren Ostseeaufenthalt dazu, dir Frauen in aufreizenden Bikinis anzusehen!

Er: Aber Erna, ich wollte doch überhaupt nicht hierher. Ich wäre viel lieber am FKK-Strand. Dort gibt es keine aufreizenden Bikinis.

Sie: Ja, das könnte dir so passen: Splitternackte Frauen begaffen!

Er: Aber dort sind doch auch ebenso viele Männer.

Sie: Das wird ja immer schlimmer mit dir! Du machst wohl neuerdings vor gar nichts mehr Halt? Aber ich sage dir: „Ohne mich!"

Er: Na gut Erna, wenn dich das so aufregt, dann gehe ich eben allein dahin.

11

Sie:	So weit kommt es noch! Den ganzen Tag zwischen lauter Nackten! Mit dir Lustmolch darf man ja gar nicht zur Ostsee fahren, da kommst du nur auf dumme Gedanken.
Er:	Okay, Ernalein, im nächsten Jahr bleibe ich allein zu Hause. Da kann ich in Ruhe meine Bücher lesen und du brauchst dich hier nicht mit mir herumzuärgern.
Sie:	Ich höre wohl nicht richtig! Du willst mich an die Ostsee schicken, damit du drei Wochen sturmfreie Bude hast und mich jeden Tag mit unserer Nachbarin betrügen kannst?!
Er:	Aber Liebling, unsere Nachbarin ist doch gut und gerne 20 Jahre älter als ich.
Sie:	Ach so ist das: Du suchst dir neuerdings deine Gespielinnen im Mädchenpensionat zusammen. Deine Miezen können dir wohl gar nicht mehr jung genug sein?!
Er:	Also jetzt ist es aber mal gut! Du machst ja hier ein Theater!
Sie:	So weit ist es nun schon gekommen: Mein Mann betrügt mich, wobei es ihm schon egal ist, ob mit jungen Mädchen oder alten Frauen; ja nicht einmal vor Männern macht er Halt! Und sagt man etwas dagegen, dann heißt es, man mache Theater. Womit habe ich das verdient? War ich dir denn nicht immer eine gute Frau?
Er:	Doch mein Schatz. Reg dich nicht so auf. Das war doch alles nur ein Missverständnis. Ich liebe doch nur dich.
Sie:	Wirklich?
Er:	Na klar.
Er:	Aber jetzt sag doch mal, was ist denn eigentlich los mit der Frau im gelben Bikini?
Sie:	Ach, mit der ist nichts. Aber die hat einen Mann, bei dem könnte ich glatt schwach werden.

Liebeserklärung

Ich liebe Heidi! Dabei weiß ich noch nicht einmal, ob sie überhaupt Heidi heißt. An ihrer Tür steht nur H. Matzke. Das könnte natürlich auch Helga oder Henriette heißen, aber sie sieht eigentlich mehr wie Heidi aus.

Ich muss ehrlich sagen, ich hatte vor ihr schon einige andere, doch bei keiner bin ich so lange geblieben wie bei ihr.

Dabei hat sie mir schon mehrfach sehr weh getan. Aber auch ich habe mich ihr gegenüber nicht immer sehr fein benommen. Oft habe ich sie vergeblich warten lassen, wenn wir verabredet waren. Zum Glück hat sie mir immer alles verziehen. Auch, dass ich sie einmal gebissen habe, ist vergeben und vergessen.

Am liebsten würde ich ja mit ihr ausgehen, aber unsere gesamte Beziehung spielt sich leider ausschließlich in ihren Gemächern ab.

Jede Begegnung verläuft nach demselben Schema. Wir begrüßen uns, ich lege mich hin und sie kommt ganz dicht zu mir. Ich spüre, wie sich mein Herzschlag beschleunigt und mein Atem schneller wird, während ihre geschickten Finger bei mir tätig sind. Wenn es einmal wieder ganz besonders anstrengend bei ihr war, muss ich meine Frau anrufen, damit sie mich mit dem Auto abholt. Zu Hause bin ich dann zu nichts mehr zu gebrauchen, sondern liege nur noch auf der Couch herum.

Gern würde ich Heidi sagen, wie glücklich ich bin, sie zu haben, aber da gibt es zwei Hinderungsgründe.

Erstens lässt uns ihre Schwester niemals allein und zweitens sagt Heidi jedes Mal, wenn ich sprechen will: „Schön den Mund offenlassen!"

Heidi ist nämlich meine Zahnärztin.

Übrigens vergeht auch der längste Arbeitstag wie im Flug, wenn man abends einen Zahnarzttermin hat.

Ausreden lassen! (1983)

Vater: Hallo Junior! Heute ohne deine Freundin, was ist denn los?

Sohn: Tach Papa, wir haben uns getrennt. Wir passen einfach nicht zusammen ...

Vater: Was heißt denn das? Ihr kennt euch genau seit einer Woche und da willst du schon wissen, dass ihr nicht zusammengehört? Für diese Erkenntnis benötigen andere ein halbes Leben und manche merken es nie.

Sohn: Es ist aber so! Sie ist wirklich ein liebes, nettes und auch sehr hübsches Mädchen, aber ...

Vater: Mensch, Junge, was soll denn bei euch nicht stimmen? Es ist direkt eine Freude, wenn man euch anschaut. Zwei so gutaussehende, stattliche junge Menschen sieht man selten zusammen. Was ist denn euer Problem?

Sohn: Also gestern haben wir es zum ersten Mal probiert und mussten feststellen, dass wir einfach nicht zusammen ...

Vater: Mein lieber Junge, sag doch so etwas nicht. Denkst du denn bei deiner Mutter und mir hat das gleich beim ersten Mal geklappt? Da hilft nur viel Geduld und Liebe. Und wenn alle Stricke reißen, gibt es für solche Fälle zum Glück auch Beratungsstellen.

Sohn: Ach, die werden mir auch kein größeres Moped schenken.

Vater: Was hat denn dein Moped damit zu tun?

Sohn: Na, das sag' ich doch die ganze Zeit. Wir passen einfach nicht zusammen auf mein Moped.

Ganz schön peinlich (1980)

Es war wohl schon länger als 20 Jahre her, dass das Ehepaar Frida und Franz Blauauge zuletzt am Müggelsee weilten. Damals sah hier alles noch ganz anders aus.

Franz rief entsetzt: „Sowas habe ich ja noch nie gesehen!" „Die Zeiten haben sich eben geändert, mein Lieber", entgegnete ihm seine Frau, während sie sich das Oberteil ihres Bikinis auszog. Ängstlich blickte sich Franz um, aber niemand schien an der Entblößung der Brüste seiner Frau Anstoß zu nehmen. Trotzdem stammelte er: „Ich weiß nicht, ob das richtig ist, was du machst, Frida. Was sollen denn die Leute bloß denken?"

„Natürlich ist das richtig, Fränzchen! Dabei kann sich doch niemand etwas Schlechtes denken? Das Schild ist eindeutig und gilt schließlich für alle." Sprachs und zog die Bikinihose auch noch aus.

Franz war immer noch nicht überzeugt.
„Gewiss, mein Fridalein, aber könnten wir nicht probeweise angezogen weitergehen, bis wir die anderen gesehen haben?"

Frida schüttelte energisch den Kopf.
„Ach Franz, ich wusste ja gar nicht, wie verklemmt du bist. Wenn es nun mal hier so Sitte ist, dann werden wir beide doch nicht die Einzigen in Badekleidung sein. Also los, Fränzchen, raus aus der Hose und nichts wie rein ins Vergnügen!"

Franz sah ein, dass jeder Widerstand zwecklos war. Er atmete noch einmal tief durch, dann zog er seine Badehose aus. Als er damit fertig war, öffnete er die Tür des Ausflugslokals und trat als

Erster ein. Im Inneren kamen sie jedoch nicht weit, denn ein Kellner stürzte ihnen entgegen und hinderte sie am weiteren Vordringen in den Gastraum. Dabei sprach er diskret aber energisch: „Tut mir leid, meine Herrschaften, aber so dürfen Sie unser Lokal nicht betreten!"

In Rekordzeit hatte Franz seine Hose wieder an und jammerte: „Siehste Frida, ich habs ja gewusst! Ach ist das peinlich!" Frida jedoch, immer noch nackt, diskutierte mit dem Kellner.
„Wieso dürfen wir nicht rein? Wir haben uns doch exakt an Ihre Vorschrift gehalten."
Der Kellner blickte sie ungläubig an und fragte: „An welche Vorschrift denn, meine Dame?"

Da zeigte Frida triumphierend auf das große Schild am Eingang des Lokals, auf dem groß und deutlich zu lesen stand:

Das Betreten des Restaurants

in Badekleidung ist verboten.

Arzt: Bitte mal die Hose ausziehen und auf die Liege legen.

Patient: Mich oder die Hose, Herr Doktor?

Im Wartezimmer (1981)

Er: Ach, es ist alles so schrecklich! Was soll denn jetzt bloß werden?

Sie: Aber Liebling jammere doch bitte nicht so! Vielleicht ist es ja gar nicht der Blinddarm. Wir wollen doch erst mal hören, was der Arzt sagt.

Er: Aber wenn es nun doch etwas Ernstes ist, wer soll denn dann die Kohlen aus dem Keller holen? Ach, womit habe ich das verdient, dass ich so leiden muss?

Sie: Nun beruhige dich doch, mein Schatz! Du steckst mich ja noch an mit deiner Panik. So ein Blinddarm ist schnell herausoperiert und man bleibt höchstens eine Woche im Krankenhaus.

Er: Aber denkst du denn auch an den Müll? Der muss mindestens alle drei Tage rausgebracht werden, sonst stinkt es in der Küche. Kannst du mir verraten, wer das machen soll?

Sie: Du darfst das alles nicht so verbissen sehen, mein Liebster. Es gibt für jedes Problem eine Lösung.

Er: Dein Wort in Gottes Ohr! Jetzt möchte ich bloß mal wissen, wann endlich ein Arzt kommt. Hier muss man ja warten, bis man umfällt!

Arzt: Bitte, mein Herr, kommen Sie gleich in mein Sprechzimmer. Bei Ihnen scheint ja ein echter Notfall vorzuliegen.

Er: Wieso denn ich? Mir fehlt doch gar nichts – meine Frau ist krank.

Gewissheit (1975)

Er sah sie und wusste augenblicklich, dass sie die Richtige war. Deshalb sprach er sie mitten auf der Straße an.

„Sie sind die Traumfrau, die ich immer gesucht habe. Bitte heiraten Sie mich!"

Sie musterte ihn erstaunt von oben bis unten, um dann lachend zu erwidern: „Woher wollen Sie denn wissen, dass ich die Richtige bin? Wir kennen uns doch noch gar nicht."

Ihren Widerspruch ignorierte er natürlich, da er hundertprozentig überzeugt war.

„Das ist bei mir keine Frage einer langen Bekanntschaft, denn ich habe einen siebten Sinn dafür und bei Ihnen bin ich mir absolut sicher."

„Trotzdem sollten Sie sich das Ganze noch einmal überlegen", dämpfte sie seine Euphorie. Er ließ sie jedoch gar nicht weitersprechen, sondern kam mit einem Totschlagargument, indem er rief: „Ich besitze eine einmalige Menschenkenntnis und die sagt mir, dass Sie die Einzige sind, mit der ich glücklich werden kann! Oh ja, ich sehe uns schon auf dem Standesamt. Wir werden an einem Freitag heiraten, denn freitags heiraten bringt Glück. Ich weiß das, denn ich habe bisher jedes Mal an einem Freitag geheiratet."

Leseranfrage: Liebe Frau Susanne, bringt es Unglück, wenn man am Freitag, dem 13. heiratet?

Antwort von Frau Susanne: Natürlich. Warum sollte denn Freitag der 13. eine Ausnahme bilden?

Wilde Betten (1983)

Reporter: In unserer Sendereihe „Wilde Betten" sind wir heute bei Familie Bock in Berlin. Nachdem wir uns mit unserer Technik in den vierten Stock eines alten Berliner Mietshauses bemüht haben, klingeln wir jetzt an der Wohnungstür. Frau Bock öffnet uns in einem bezaubernden Negligé und mir stockt förmlich der Atem bei diesem Anblick.
Guten Abend, Frau Bock. Vielen Dank, dass Sie und Ihr Gatte uns an Ihrer Version der wilden Betten teilhaben lassen.

Frau Bock: Oh, da muss ich Sie leider enttäuschen, aber mein Mann ist nicht zu Hause. Das ist jedoch genau der Grund, warum ich Sie eingeladen habe, denn nur in seiner Abwesenheit kann ich Ihnen unsere wilden Betten vorführen.

Reporter: Oha, da sind wir ja in etwas hineingeraten! Ich weiß gar nicht, ob wir das senden dürfen.

Frau Bock: Na, warum denn nicht? Es können ruhig alle hören, wie es bei uns abends zugeht, wenn mein Mann nicht da ist.

Reporter: Na gut, auf Ihre Verantwortung, Frau Bock. Wo befindet sich denn nun Ihr Schlafzimmer?

Frau Bock: Was wollen Sie denn in unserem Schlafzimmer? Hier geht es lang.

Reporter: Aber das ist doch das Kinderzimmer.

Frau Bock: Ja, was dachten Sie denn, wo die wilden Betten stattfinden und wer dafür sorgt?

Sprachliches (2024)

Unsicher betrete ich das kleine Café und schaue mich suchend um. An einem der runden Tischchen sitzt eine ausgesprochen schöne Frau, die die Gesuchte sein müsste. Sie ist noch attraktiver, als ich es erwartet habe. Während ich noch unsicher bin, ob dieses göttliche Geschöpf wirklich auf mich wartet, winkt sie mir lächelnd zu. Obwohl es jetzt klar ist, frage ich leise, als ich an ihrem Tisch stehe: „Biene98?" Sie antwortet mit einer Gegenfrage: „Und du bist Bär85, stimmts?".

Bevor ich mich setze, überreiche ich ihr den großen Rosenstrauß, den ich mitgebracht habe und drücke ihre Hand. Sie zieht diese jedoch schnell weg und schaut mich strafend an, während sie sagt: „Du fässt ja zu wie ein Preisboxer!" Ich will helfen und korrigiere: „Fasst." Da schaut sie mich vorwurfsvoll an und legt nach: „Nein, das war nicht nur fast wie ein Preisboxer, du fässt wirklich so dolle zu." Ich verzichte auf einen weiteren Kommentar und nehme Platz, während ich „Tut mir leid" murmele.

Als wir uns gegenübersitzen, lächeln wir uns einen Moment verlegen an, dann beginnt sie das Gespräch.
„Ich habe dich tatsächlich gleich erkannt gehabt, wie du in das Lokal gekommen bist. Darum habe ich dir auch gleich zugewunken."

Ich zucke zusammen, denn ich bevorzuge bei dem Verb „winken" die Partizipform „gewinkt", weiß aber, dass ich damit auf verlorenem Posten stehe und dies nicht erst, seit zu meinem größten Leidwesen der Duden „gewunken" salonfähig gemacht hat. Absolut inakzeptabel dagegen ist für mich das „gehabt" am Ende ihres ersten Satzes. Trotzdem verzichte ich lieber auf eine Bemerkung, denn ich will nicht gleich unangenehm als Klugscheißer auffallen, hoffe aber, ihr diese kleinen Fehler abgewöhnen zu können, wenn wir erstmal ein Paar sein werden.

Sie scheint meinen schmerzlichen Gesichtsausdruck falsch zu deuten, denn sie tröstet mich: „Hey, tatsächlich war das ebent ein Kompliment gewesen. Es ist leider in keinster Weise normal, dass jemand in Wirklichkeit tatsächlich so aussieht, als wie auf seinem Profilbild. Du musst wissen, dass du tatsächlich nicht der Einzigste bist, mit dem ich schon ein Date hatte."

Ich nicke verwirrt, fühle mich zwar geehrt, aber ihre Verwendung von „als wie" trifft mich bis ins Mark. Auch scheint sie keine Ahnung zu haben, dass man „einzig" und „kein" nicht steigern kann. Trotzdem lasse ich mir wieder nichts anmerken, sondern antworte freundlich: „Ich habe dich aber auch sofort erkannt, obwohl du in Natura noch viel schöner als auf deinem Profilbild bist." Damit zaubere ich ihr ein Lächeln ins Gesicht.

Als die Kellnerin an unseren Tisch kommt, bestellt sie: „Ein Eisbecher mit Früchte und Sahne". Ich möchte lieber Kaffee und ein Stück Apfelkuchen.

Während ich noch mit dem fehlenden Dativ bei den Früchten beschäftigt bin, eröffnet sie das Gespräch. Gleich zu Beginn will sie wissen, ob ich wirklich Schriftsteller sei, wie ich es bei der Dating-Plattform angegeben habe. Ich nicke und ehe ich etwas hinzufügen kann, sagt sie: „Da hast du ja echt Glück, dass du nicht jeden Morgen frühs aufstehen musst." Während ich noch hoffe, mich bei „frühs" verhört zu haben, erzählt sie mir: „Tatsächlich lese ich ja selber super gerne. Am liebsten lese ich ja so Bücher, wo viel Leute drinne vorkomm und wo die Handlung nicht so kompliziert ist."

Ich muss schlucken, obwohl noch gar kein Kuchen serviert wurde. Zu gerne würde ich ihr sagen, dass sie wohl eher Bücher liest, in denen viele Leute vorkommen. Aber auch diesmal verkneife ich mir eine diesbezügliche Anmerkung aus taktischen Gründen.

Ganz nebenbei werde ich bei den von ihr beschriebenen Büchern an die dicken Telefonbücher erinnert, die ich immer für meine Oma besorgen musste. Die hätten ihr sicher gefallen, denn darin gab es sehr viele Personen und gar keine Handlung.

In ihrem Profil auf LoveSearch gibt sie an, Sekretärin zu sein. Nicht ganz ohne Hintergedanken frage ich sie nun, wie sie auf den Beruf der Sekretärin gekommen sei und sie antwortet mir: „Tatsächlich habe ich jahrelang Bürohelfer gemacht, aber der Job war nichts für mich gewesen. Da habe ich immer nur Papier abgehoften gehabt und da drauf hatte ich irgendwann kein Bock mehr gehabt. Deswegen wollte ich unbedingt Sekretärin werden und die bin ich seit Anfang diesen Jahres auch. Tatsächlich bin ich sogar Chefsekretärin."

Die kalten Schauer, die mir über den Rücken jagen, wollen gar nicht mehr enden, denn ihre sprachlichen Entgleisungen werden immer schlimmer. Ich könnte schreien vor Schmerzen, wenn ich „war gewesen", „gehoften" und „diesen Jahres" höre. Auch die ständige sinnlose Verwendung von „tatsächlich" geht mir furchtbar auf die Nerven. Trotzdem kann ich es nicht verhindern, belustigt darüber nachzudenken, wie sie wohl Bürohelfer gemacht hat.

Bevor ich etwas sagen kann, plappert sie fröhlich weiter, während ich meinen inzwischen servierten Kuchen esse. Dabei nutze ich die Gelegenheit, sie mir gründlich anzuschauen. Ich muss zugeben, dass sie mir außerordentlich gut gefällt. Sie hat alles, was ich mir bei einer Frau wünsche. Sie ist besonders hübsch, dunkelhaarig, sehr vollbusig und wie ich ihren Angaben bei LoveSearch entnehmen konnte, Nichtraucherin. Damit würde sie eigentlich alle meine Voraussetzungen an eine Traumfrau erfüllen, wenn sie nur schwiege.

Sie schweigt jedoch leider nicht, sondern plaudert munter weiter. Inzwischen ist sie bei ihrem Schmuck angekommen und fragt mich: „Gefällt dir meine Perlenkette?" Unwillkürlich geht mein Blick dahin, wo die Kette endet. Deshalb kann ich mich nicht auf das Schmuckstück konzentrieren, denn es hängt direkt in ihr atemberaubendes Dekolletee hinein. Trotzdem oder gerade deswegen nicke ich begeistert. Sie fährt daraufhin fort: „Tatsächlich ist das meine Mutter ihre, aber weil Mama kein Schmuck trägt, hat sie jahrelang im Tresor gelegen."

Ich verkneife mir das Lachen und frage scheinheilig: „Hat deine Frau Mutter das denn überlebt?" Sie sieht mich fassungslos an und fragt zurück: „Was soll Mama denn nicht überlebt haben?"
„Na, dass sie so lange im Tresor liegen musste."
„Quatsch! Die Kette hat im Tresor gelegen, doch nicht meine Mutter. Wie kommst du denn da drauf?"
„Ich hatte dich so verstanden, entschuldige bitte", lenke ich ein, als ich die Zornesfalten auf ihrer schönen Stirn bemerke.

Schnell wird sie wieder freundlich und plappert weiter: „Ich habe mir die Kette extra umgehangen, weil, es ist heute ja schließlich ein besonderer Tag."

Jetzt kann ich mich nicht mehr beherrschen und es platzt aus mir heraus: „**Gehängt!** Du hast dir die Kette **umgehängt!**" Damit habe ich es nun aber wirklich geschafft, sie zu verärgern. Entrüstet erwidert sie: „Pfui, das hört sich aber unanständig an! Tust du solche Sachen auch in deine Bücher schreiben?"

Ich weiß nicht, was an der Verwendung des korrekten Partizips „gehängt" unanständig ist und verstehe auch nicht, warum sie ihre Frage wie im Englischen formuliert, werde allerdings weiter in meiner Meinung bestärkt, dass sie mit der deutschen Sprache auf riesengroßem Kriegsfuß steht.

Gerade denke ich, dass ich ihr meinen restlichen Kuchen ins Gesicht werfe, wenn sie noch einmal „tatsächlich" sagt, da setzt sie die Unterhaltung mit „Tatsächlich ..." fort. Mehr höre ich nicht, lasse aber von meinem Vorhaben ab, denn ich entsinne mich meiner guten Erziehung.

Bei der Dating-App habe ich mich angemeldet, um endlich die Frau fürs Leben zu finden, was aus unerfindlichen Gründen auf herkömmliche Weise bisher nicht geklappt hat. Deshalb wollte ich meinem Glück mit elektronischen Mitteln etwas nachhelfen. Natürlich kann man am Computer lediglich das Aussehen der potenziellen Partnerin einschätzen. Umso wichtiger war mir ein persönliches Treffen, zum besseren Kennenlernen – besonders charakterlich und intellektuell. Speziell Letzteres scheint sich in diesem Fall jedoch zu einer riesengroßen Enttäuschung auszuwachsen. Das

Deutsch meiner Auserwählten erschüttert mich bis in die Grundfesten, insbesondere in Anbetracht ihres Berufs. Die Schreiben, die diese Frau dienstlich verfasst, würde ich zu gerne einmal lesen. Wahrscheinlich hat da ein Chef seine Sekretärin lediglich nach deren Schönheit ausgewählt. Ich hoffe für ihn, dass sie wenigstens guten Kaffee kochen kann.

Während ich nachdenke, plappert sie munter weiter und erzählt mir von ihren Kolleginnen und Kollegen Geschichten, die mich nicht im Geringsten interessieren. Dabei gelingt es mir offenbar nicht, meinem Gesicht einen interessierten Ausdruck zu verleihen, sodass sie plötzlich stoppt und vorwurfsvoll sagt: „Ey, du hörst mir ja gar nicht zu!" Mein verzweifeltes „Doch, doch" akzeptiert sie nicht. Sie droht lachend mit ihrem Zeigefinger, während sie sagt: „Ich seh dir doch an, dass du echt abgeschalten hast." Und als ob das noch nicht schlimm genug wäre, fügt sie hinzu: „Sorry, aber ich habe das ebent alles nur so kurz gestriffen, damit du dir ein Bild von mein Job machen kannst."

Obwohl ich eigentlich ruhig bleiben wollte, höre ich mich plötzlich sagen: „Ja, du bist wirklich ein wenig abgeschwiffen." Den Blick, den sie mir jetzt zuwirft, kann man nicht anders als mitleidig nennen. Dann fragt sie überlegen grinsend: „Und du willst Schriftsteller sein, wo du tatsächlich so ein schlechtes Deutsch sprechen tust?" Ich lache etwas gequält und antworte schlagfertig: „Ich habe einen guten Lektor, der alle meine Fehler korrigiert."

In meinem Kopf geistert momentan die Vorstellung herum, diese Frau, die mir jetzt gegenübersitzt und eine Sprachsünde nach der anderen begeht, für den Rest meines Lebens um mich zu haben. Ich fürchte, ich würde das nicht aushalten, ohne gewalttätig zu werden. Ich sehe mich schon als Frauenmörder zu lebenslanger Haft mit anschließender Sicherungsverwahrung verurteilt im Gefängnis sitzen. Allein zum Selbstschutz muss ich dieses Treffen so schnell wie möglich beenden und unverzüglich das Weite suchen, nehme ich mir fest vor.

Inzwischen hat sie aufgehört zu erzählen und sieht mich erwartungsvoll an. Ich habe offenbar eine Frage von ihr überhört. Zum Glück scheint sie zu glauben, dass ich sie nur akustisch nicht wahrgenommen habe, weil es in dem Café ziemlich laut ist. Deshalb beugt sie sich weit in meine Richtung über den Tisch, sodass ich einen solch atemberaubenden Einblick in ihre Bluse habe, dass ich sogar ihr Bauchnabelpiercing sehen kann. Während sich gleich darauf unsere Wangen berühren und ich den betörenden Duft ihres Parfüms inhaliere, fragt sie mit verführerischer Stimme zärtlich flüsternd in mein Ohr: „Was ist, gehn wir bei dir oder bei mir?"

In dem Moment denke ich nur daran wie unaufgeräumt meine Wohnung ist und antworte spontan: „Bei dir!"

> Von zwei Möglichkeiten errät man
> mit Sicherheit zuerst die falsche.

Meine Lorelei (1980)

Ich weiß nicht, was soll es bedeuten,
dass ich so traurig bin;
ein Vorfall aus neuesten Zeiten,
der kommt mir nicht aus dem Sinn.

Die Luft ist so heiß und sie flimmert
und zäh fließt der Ausflugsverkehr.
Das Dach des Trabanten schimmert.
Das Putzen war ziemlich schwer.

Die schönste Jungfrau lehnet
im ersten Stock aus dem Haus.
Und weil sie nach Sonne sich sehnet,
drum zog sie die Bluse sich aus.

Sie knabbert an einer Boulette
und hört Melodien dazu,
die kommen von einer Kassette
und stören der Nachbarin Ruh.

Der Fahrer im kleinen Gehäuse
wechselt jetzt mehrmals die Spur.
Er sieht nicht die weißen Mäuse[1],
er sieht nur des Mädchens Figur.

Die Strafe folgt auf dem Fuße:
Totalschaden, Trabi zur Sau.
Nun tut der arme Kerl Buße
und schuld daran ist meine Frau.

---

[1] Umgangssprachlich für Verkehrspolizisten, wegen ihrer weißen Uniformteile.

Feierlichkeiten

Jetzt schlägts 30 (2018)

Hallo, darf ich mal um euer Silizium bitten? Danke.

Liebe Familienmitglieder und -mitgliederinnen,

zuallererst danke ich euch mehrmals, dass ihr heute alle von weit und fern angereist seid. Wenn ich sehe, wie voll der Saal ist, kann ich nur ausrufen: „Mein lieber Schokolinski!"

Auch wenn es heißt, Reden ist Schweigen und Silber ist Gold, komme ich nichtsdestoweniger trotz zu unserm heutigen Themata, nämlich dem 100. Geburtstag von Onkel Willi, der jetzt leider schon – über den Daumen geschlagen – 20 Jahre lang gestorben ist.

Den Jüngeren, die ihn nicht mehr kennenlernen durften, kann ich den Onkel so beschreiben:
Lange schlanke Haare und krauses Kinn. Kurz gesagt, wie Jesus vor der Kreuzung. Allerdings erreicht man mit dieser Beschreibung noch lange nicht die Spitze des Eisbergs.

Seit damals hat sich überhaupt nichts geändert – im Gegenteil, alles ist schlechter geworden. Ich bin sicher, der Onkel würde sich im Grabe umdrehen, wenn er noch leben würde. Auf jeden Fall schlägt er jetzt beide Hände über dem Kopf zusammen.

Hat er sich auch früher immer als das fünfte Rad am Fahrrad gefühlt, so können wir heute sagen, dass das Leben mit ihm besser war, als wie mit ohne ihn. Für uns Kinder war es gleichsam, als wie wenn er unser Vater war und wir folgten ihm besinnungslos wie dem Hammelfänger von Rathen.

Gegen die Anfeindungen seiner Nachbarn war er in keinster Weise imnu, vor allem, wenn sie behaupteten, dass er ihr öffentliches Ärgernis verletzen täte. Das war für ihn eine Rückenmarkslosigkeit Sondershausen und schlug dem Fass die Krone ins Gesicht, aber zum Glück hatte er ein hartes Fell. Ich höre ihn noch schimpfen: „Na, jetzt schlägts aber 30!" Zu mir sagte er einmal: „Die Nachbarn nerven wie Drahtseile!" Wenn es ihm zu bunt wurde, rief er über den Zaun: „Pass mal acht, Freundchen, jetzt ist der Kohl aber fett! Ich bin wirklich nicht tolerant, aber das geht zu weit!"

Hin und wieder hat er ein Exzenter stationiert und seinen Mitmenschen die Leviten vorgelesen. Aber meistens dauerte es nicht lange, dann war wieder Schwamm über die Sache gewachsen.

Mit Anwälten und Gerichten stand er im Kriegsfuß. Wichtig war für ihn immer nur, dass er seine Schäfchen vom Eis holte. Manchmal zitierte er aus der Bibel und sagte: „Wer im Glashaus sitzt, der werfe den ersten Stein."

Eigentlich war er sehr freundlich zu anderen Menschen. Immer, wenn er einen Nachbarn traf, fragte er: „Na, gehts danke? Was macht die gnädige Frau Gemahlsgattin?" Damit wollte er ihnen gleich das Öl aus den Segeln nehmen, um bloß keinen Streit zu vermeiden. Aber es war immer nur ein Tropfen auf den heißen Brei, denn er hatte dauernd das Gefühl, dass er übers Ohr gezogen wurde.

Wenn ihm eine Maus über die Leber gelaufen war, konnte er

die ganze Angelegenheit schnell hochsterilisieren und aus einer Mücke einen Floh machen. Dabei hasste er alle Extremitäten. Oft hörte ich ihn sagen: „Das Kind fällt so lange in den Brunnen, bis es bricht."

Sein Wahlspruch war „Eine Hand gibt die andere", aber seine Meinung war nicht in Stein und Bein geschlagen, sondern er war einfach nur sehr arrangiert, getreu dem Motto „Wo ein Willi ist, kommt auch was weg". Jedenfalls hat er nie den Sand in den Kopf gesteckt. Aufgeben kam bei ihm nicht aufs Toupet, solange er noch auf der Höhe seines Zenits war.

Wir können heute aber ruhig einen Hehl daraus machen, dass Onkel Willis Leben gar nicht unschön war. Wenn es ihm wirklich einmal schlecht ging, dann kniffte er einfach seine Arschkarten zusammen und gut wars, denn er wusste genau, dass das Leben nun mal kein Ponyschlecken ist.

Sein ganzer Stolz war sein Strebergarten, in dem er Obst erntete, wie gemahlen, sage ich euch. Immer wieder versuchte er, Köpfe mit Nägeln zu machen, was ihm auch meistens gelang, außer bei seinen Kartoffeln nicht. Auch seine Kaninchen machten ihm viel Freude, vor allem, wenn sie Junge schmissen. Weil er aber eigentlich ein eingefleischter Vegetarier war, hat er sie nie gegessen. Da biss sich bei ihm die Henne selbst ins Ei.

Nicht unvergessen ist auch, dass er ein begnadeter Maler war, dessen Bilder immer aus dem Rahmen fielen. Er malte seine Zukunftsversionen in Essig und Öl. Seitdem er einmal das Übergewicht verloren hatte und vom Balkon gefallen war, hatte er das siebte Gesicht, wie er es nannte.

Seine Karriere als Töpfer stand leider unter einem schlechten Stern, denn er musste den Töpferkurs vorzeitig verlassen, weil er sich ständig im Ton vergriff.

Wer aber denkt, dass der Onkel ein Egoist war, dem kann ich das Gegenteil widerlegen. Hustekuchen! Ich sehe ihn noch für karikative Zwecke sammeln. Aber dabei achtete er immer sehr streng darauf, dass die Spenden nur für sanitäre Dinge verwendet wurden. Wie anteilnehmend er war, sieht man auch an seiner Maximale, die da lautete: „Geteiltes Leid ist doppelte Freud".

Bei ihm konnte man wirklich sagen: „Raue Schale, weicher Keks." Und glaubt mir, dass wir uns alle bei ihm ein Vorbild abschneiden können. Immer wieder sprach er den Satz, der sein Leben bestimmte und der lautete: „Niemand soll hungern, ohne zu frieren!"

Beschließen möchte ich meine kurze Rede jetzt mit Onkel Willis Ratschlag „Lasst euch nicht hinters Glatteis führen!"

Ich danke nun für die Aufmerksamkeit, wünsche guten Appetit und den Jüngsten rufe ich zu: „Isst Kinder, isst, damit ihr groß wird und wächst!"

> Ich mag Menschen, die keine Ahnung
> haben und trotzdem schweigen.

Kindergeburtstag (1981)

Karl: Mensch Kurt, du siehst ja schlimm aus! Bist wohl gestern wieder nicht an deiner Stammkneipe vorbeigekommen?

Kurt: Ach, was du immer gleich denkst! Wir hatten gestern eine größere Familienfeier.

Karl: Ach so! Was habt ihr denn gefeiert?

Kurt: Unser jüngster Sohn hatte Geburtstag.

Karl: Wie alt ist der Kleine denn geworden?

Kurt: Vier Jahre.

Karl: Ja, das kenne ich. Es ist wirklich sehr anstrengend, sich den ganzen Tag mit den eigenen Kindern und deren hyperaktiven Gästen zu beschäftigen.

Kurt: Mit welchen Kindern denn? Die haben wir doch vorher zur Oma gebracht. Die stören ja bei solchen Feiern nur.

Übrigens kann man sich eine Eisbombe selbst herstellen, indem man seinen Kühlschrank auf die Rückseite legt und dann voll Wasser füllt. Danach wird die Kühlschranktür fest verschlossen – notfalls mit einem Seil. Je nach Leistungsfähigkeit des Kühlaggregats kann es nun Stunden oder sogar Tage dauern, bis die selbstgebastelte Eisbombe explodiert.

Fahndungsaufruf (Lutherjahr 2017)

Gesucht wird der Anführer der terroristischen Bande, genannt „Die Protestanten". Nachdem dieser 1505 zunächst in einem Kloster untergetaucht war, machte er ab 1516 durch etliche Straftaten auf sich aufmerksam. Seit 1517 nennt er sich Martin Luther, führt aber gelegentlich auch den Namen Junker Jörg.

Ihm wird vorgeworfen, durch die Behinderung des Ablasshandels drastische Einnahmeverluste für die Kirche verursacht zu haben.

Weiterhin soll er am 31. Oktober 1517 eine Sachbeschädigung begangen haben, indem er in das Hauptportal der Kirchentür der Schlosskirche zu Wittenberg einen Nagel eingeschlagen habe.

Er gilt überdies als Herausgeber zahlreicher aufrührerischer Flugblätter.

Außerdem wird ihm ein Verstoß gegen das Urheberrecht zur Last gelegt, da er die heilige Schrift unautorisiert übersetzt haben soll.

Hinzu kommt die mutmaßliche Aufwiegelung der Landbevölkerung, die nur durch die Tötung von 5000 Bauern durch die Obrigkeit von Gottes Gnaden eingedämmt werden konnte.

Der Verdächtige ist unterwegs in einer schwarzen vierspännigen Kutsche mit dem Kennzeichen K-E-T-Z-E-R.

Achtung, der Gesuchte ist bewaffnet mit schlagkräftigen Argumenten, von denen er rücksichtslos Gebrauch macht!

Sachdienliche Hinweise nimmt jedes katholische Pfarrbüro entgegen.

Für den, der zur Ergreifung von Martin Luther beiträgt, betet die nächstgelegene Kirchengemeinde zehn Rosenkränze sowie zwanzig Vaterunser.

Oh Tannenbaum! (2023)

Auch in diesem Jahr rief uns unser Enkel, der Förster ist, kurz vor Weihnachten an und fragte, ob wir uns wieder einen Weihnachtsbaum holen wollten. Wie in all den Jahren zuvor nahmen wir das Angebot gerne an und verabredeten uns für den nächsten Sonntag im Wald.

Es war ja nicht so, dass wir uns keinen Tannenbaum leisten konnten, aber es machte uns mehr Spaß, ihn im Wald selbst auszusuchen und außerdem freuten wir uns auf ein Wiedersehen mit unserem Enkel und seiner Frau.

Pünktlich erschienen wir am Forsthaus und wurden herzlich empfangen. Natürlich wusste unser Enkel, wo die schönsten Bäume wuchsen und wo die Schonung ein bisschen ausgedünnt werden musste. Bekleidet mit seiner grünen Tracht und seinem Jägerhut ging er voran. Da er befürchtete, dass wir eine Begegnung mit Wildschweinen haben könnten, nahm er vorsichtshalber sein Jagdgewehr mit. Wir folgten ihm mit einer Säge.

Um zu dem gewünschten Ort zu gelangen, mussten wir eine viel befahrene Bundesstraße überqueren, was uns eine Menge Zeit kostete.

Endlich waren wir auf der anderen Straßenseite und bald darauf hatten wir die richtige Stelle erreicht. Dort suchten wir uns den schönsten Baum aus und dann dauerte es gar nicht lange, bis die Säge ihr Werk verrichtet hatte, sodass der Baum fiel.

Auch auf dem Rückweg mussten wir wieder lange am Rand der Bundesstraße warten, um auf die andere Seite zu gelangen.

Während wir da standen, geschah etwas, mit dem wir nicht gerechnet hatten:

Viele Autos hupten und manche verringerten ihr Tempo. Einige Fahrer und Beifahrer öffneten die Seitenscheibe und riefen uns etwas zu. Was sie da von sich gaben, war sehr unterschiedlich, aber es ging immer um uns, den Baum und den Förster. Ich kann hier nur eine kleine Auswahl wiedergeben.

„Haben sie euch endlich erwischt, ihr fiesen Weihnachtsbaumräuber!"

„Lass doch die alten Leute gehen, du blöder Waldmeister! Auf einen Baum mehr oder weniger kommts doch nun wirklich nicht an! Woanders fällen sie Zehntausende für eine neue Fabrik, aber da sagt keiner was."

„Das schadet euch gar nichts, ihr Wilddiebe! Einbuchten müsste man euch!"

Eine Beifahrerin zeigte uns einen Stinkefinger und es wurden unzählige Fotos von uns gemacht, bevor wir endlich die Straße überqueren konnten.

Zurück im Forsthaus tranken wir noch gemütlich Kaffee mit unserem Enkel und seiner Frau, wobei wir uns über das soeben erlebte Missverständnis lustig machten, dann traten wir den Heimweg an, nachdem ich den Baum auf unserem Autodach festgezurrt hatte.

In unserer Wohnung angekommen, stellte ich die Tanne auf den Balkon, auf dass sie bis Weihnachten frisch bleibe. Dann nahm ich mein Tablet zur Hand, um zu sehen, welche Neuigkeiten es inzwischen in der Welt gab. Ich scrollte durch die Meldungen, bis ich erschrocken bei einem Bild der Online-Ausgabe unserer Tageszeitung stehenblieb, denn auf dem waren meine Frau, unser Enkel mit seinem Gewehr und ich mit unserem Weihnachtsbaum und der Säge zu sehen. Zwar waren die Gesichter verpixelt, aber ich erkannte uns zweifelsfrei. In dem zugehörigen Artikel war zu lesen:

Dreiste Weihnachtsbaumdiebe erwischt.

Seit Jahren beklagen die Waldbesitzer den immer mehr um sich greifenden Trend zum Diebstahl von Tannenbäumen im Dezember. Deshalb streifen jetzt in der Vorweihnachtszeit bewaffnete Förster und Waldarbeiter durch die Wälder, um die Tannenbaumdiebe auf frischer Tat zu ertappen.

Nur selten werden die Diebe in flagranti ertappt, wie in diesem Fall im Landkreis Oberhavel, wo ein wachsamer Förster mithilfe seiner Schusswaffe ein Rentnerehepaar dingfest machen konnte.

Wie bei Google News üblich wurden mir gleich mehrere Quellen mit ähnlichem Inhalt vorgeschlagen.

Mit Schrecken las ich in der Online-Ausgabe der Zeitung mit den großen Buchstaben:

Horror-Greise stehlen Weihnachtsbaum

Nur mit Waffengewalt gelang es heute Nachmittag einem beherzten Förster, ein verbrecherisches Rentner-Duo beim Abholzen eines unschuldigen Baumes, der noch so viel in seinem Leben vorgehabt hatte, zu überwältigen. Aber wird unsere Kuscheljustiz jetzt endlich einmal hart durchgreifen oder kommen auch diese Verbrecher wieder nur mit einer Verwarnung davon?

Ein Bild von uns war auch dabei. Diesmal waren die Augen

durch einen schwarzen Balken verdeckt.

Nunmehr hellhörig geworden, durchsuchte ich das Netz nach dem Hashtag *Tannenbaumdiebe* und wurde gleich mehrmals fündig.

Eine linke Tageszeitung präsentierte unser Foto mit verpixelten Gesichtern auf Facebook und schrieb dazu:

> Die katastrophalen Auswirkungen der verfehlten kapitalistischen Lohn- und Rentenpolitik versucht der Staat nun mit Waffengewalt zu bekämpfen. Hätten die Rentner eine ausreichende finanzielle Absicherung, wie wir sie seit Langem fordern, so brauchten sie sich ihren Weihnachtsbaum nicht im Wald zu stehlen. Statt den alten Menschen eine Rentenerhöhung zu geben, schickt man lieber bewaffnete Staatsdiener ins Unterholz, um das Privateigentum von reichen Waldbesitzern zu schützen.

Ein alternativer Politiker wetterte auf seinem TikTok-Kanal mit einem Bild, auf dem wir zu meinem größten Schrecken gut zu erkennen waren:

> Schande über Deutschland! Während den sogenannten Flüchtlingen ihre von den Ausländerbehörden gesponserten Edeltannen kostenlos in ihre Luxuswohnungen getragen und geschmückt werden, müssen sich deutsche Rentner ihre Tanne aus dem Wald stehlen. Zu allem Überfluss hetzt das System bewaffnete Schergen auf sie, anstatt diese zur Abschiebung der Millionen von Scheinasylanten einzusetzen.

Ich legte mein Tablet weg und nahm mir fest vor, unseren nächsten Weihnachtbaum wieder beim Tannenparadies an der Ecke zu kaufen.

Weihnachten mal anders (2023)

Bereits Anfang September sagte Opa zu Oma: „Wir müssen anfangen, die Weihnachtsfeier der Familie zu organisieren." Sein Ziel war es, nach den schlechten Erfahrungen der Vorjahre, diesmal ein ungetrübtes Beisammensein aller Familienmitglieder zu gewährleisten. Dazu gehörte nicht nur die vollzählige Anwesenheit der Lieben, sondern auch, diese mit Speisen und Getränken sowie Geschenken zu verwöhnen. Geplant waren Kaffeetrinken, Bescherung und danach Abendbrot in der großelterlichen Wohnung.

Folgsam machte sich Oma auch gleich am nächsten Morgen ans Werk. Sie begann mit der Terminplanung, indem sie sich mithilfe des Kalenders die drei Weihnachtstage heraussuchte. Dann fragte sie bei den Söhnen und den nicht mehr bei den Eltern lebenden Enkeln per E-Mail an, welcher dieser Tage ihnen für eine Zusammenkunft recht wäre. Sie bat um eine Rückmeldung innerhalb der nächsten zwei Wochen.

Nach vier Wochen waren zwei Antworten eingegangen. Nur ein Sohn hatte tatsächlich einen der vorgeschlagenen Tage ausgewählt, die zweite Mail enthielt einen langen Text mit dem Tenor, dass es ziemlich unklug sei, direkt zu Weihnachten eine Feier zu veranstalten, wo doch jeder im Stress sei.

Als auch eine freundliche Erinnerungsmail an die Übrigen in den nächsten beiden Wochen keine weiteren Antworten brachte, sah sich Oma gezwungen, alle einzeln anrufen. Wie von Opa vermutet, hatten viele die fragliche Mail überhaupt nicht gelesen und kamen daher total aus dem Mustopf. Sie kritisierten Oma, weil sie nicht mittels WhatsApp gefragt hatte, denn E-Mails lasen sie schon lange nicht mehr.

Niemand antwortete jedoch am Telefon sofort, sondern alle erbaten sich Bedenkzeit, um den Termin mit ihrer jeweiligen Familie abzusprechen. Opa war sehr froh darüber, dass sie so früh mit der Anfrage begonnen hatten, denn inzwischen war es Mitte Oktober und noch nichts war geklärt.

Ende Oktober hatten die Großeltern endlich von allen eine Antwort und zählten die Anzahl der Stimmen für die einzelnen Termine. Da die meisten Familienmitglieder für den 1. Feiertag gestimmt hatten, schlug Opa diesen Termin mittels WhatsApp für die diesjährige Weihnachtsfeier vor. Sofort hagelte es Proteste von vielen Seiten.

Die Reaktion war ernüchternd, denn plötzlich waren fast alle gegen diesen Termin, sogar einige, die ursprünglich dafür gestimmt hatten. Ihre Begründungen schienen zum Teil an den Haaren herbeigezogen zu sein. Die einen wollten mit den Kindern mit deren Geschenken spielen, die anderen gaben vor, die Schwiegereltern unbedingt an diesem Tag besuchen zu müssen.

Oma war nun ratlos und Opa verlor jetzt endgültig die Geduld. Er schimpfte mit Oma, weil sie die ganze Sache offensichtlich völlig falsch angepackt hatte. Um ihr zu zeigen, wie man es richtig macht, setzte er sich auf die Couch und telefonierte mit allen Eingeladenen, um zu erfahren, welche Möglichkeit für eine gemeinsame Feier es doch noch gäbe. Dabei kam ihm zugute, dass er früher ein erfolgreicher Gebrauchtwagenhändler gewesen war, der sich die Gabe erhalten hatte, Menschen von etwas zu überzeugen, das sie eigentlich nicht wollten.

Nach vielen Tagen voller Diskussionen konnte Opa endlich triumphierend verkünden: „Alle sind nun einverstanden, sich am 25. Dezember, also dem ersten Feiertag, bei uns zu treffen."

Nachdem diese Hürde geschafft war, wurde die Frage nach dem Essen relevant. Opa bestand auf der traditionellen Gans. Omas Einwand, dass die Familie inzwischen auf 16 Personen angewachsen war, sodass eine Gans vielleicht zu wenig sein könnte, beantwortete Opa mit dem Hinweis, dass sie ja auch zwei Gänse braten könne.

Oma schüttelte den Kopf.
„So eine Schnapsidee kann nur von dir kommen! Hast du dir mal unseren Küchenherd angesehen? Da passen keine zwei Gänse gleichzeitig rein. Außerdem bin ich mir ganz sicher, dass gar nicht alle Fleisch essen, somit auch kein Gänsefleisch."

Opa musste zugeben, dass sie recht hatte und sah gleichzeitig ein, dass er vergessen hatte zu fragen, was die einzelnen Familienmitglieder gern essen würden. Die Antworten, die er bei seiner entsprechenden Umfrage bekam, lagen im Bereich von „gar nichts" über „nichts vom Tier" bis hin zu „egal". Er musste zur Kenntnis nehmen, dass es unter den Enkeln und deren Freundinnen Vegetarier, Veganer, Fruganer, Rohköstler, Freeganer und Flexitarier gab. Bei einer Enkelin hatte er sogar den Eindruck, dass sie dem Essen ganz und gar abgeschworen hatte.

Oma, die er damit konfrontierte, wirkte völlig überfordert.
„Was soll ich denn damit anfangen? Ich kann doch nicht so viele verschiedene Gerichte zubereiten."

Schmollend zog sie sich in ihr Schneckenhaus zurück und war vorerst nicht mehr ansprechbar.

Opa, wie immer optimistisch, wollte die Zeit von Omas Sendepause überbrücken und dachte an die Geschenke für die Lieben. Aber auch da hatte er keine Ahnung, denn die Zeiten, in denen es einfach gewesen war, die Kinder und Enkelkinder zu beschenken, waren leider vorbei. Also musste er wieder ans Telefon. Aber die Wunschliste, die er erhielt, brachte ihn absolut nicht weiter. Manche wünschten sich gar nichts, andere hatten unerfüllbare Wünsche, wie den Weltfrieden, Gesundheit, einen neuen Partner oder viel Geld. Mit all dem konnte Opa nicht dienen, weshalb er sich vornahm das Ganze mit Oma zu besprechen, wenn es wieder möglich sein würde. Frauen, so wusste er, hatten mehr Talent, sich in andere Menschen hineinzuversetzen, um deren geheimste erfüllbare Wünsche zu erkennen.

Dass er damit falsch lag, sah er sofort Omas Blick an, als er ihr sein Anliegen vortrug.
„Das kannst du vergessen! Ich weiß weder, was sich unsere Söhne und Schwiegertöchter wünschen, noch kenne ich die Wünsche unserer Enkel und am allerwenigsten weiß ich, was sich deren Freundinnen und Freunde wünschen. Dieses ganze neumodische Zeug verstehst ja nicht einmal du, wie soll ich denn da durchsehen? Wir werden keine andere Wahl haben, als Umschläge mit Geld für alle fertigzumachen."

Damit war Opa einverstanden, aber schon tauchte die nächste Hürde auf. Welchen Betrag wollten sie denn den Lieben zukommen lassen? Opa wollte großzügig 100 € in jeden Umschlag legen, aber damit war Oma nicht einverstanden.

„Hast du dir mal ausgerechnet, was da für ein Sümmchen zusammenkommt? Ich wusste gar nicht, dass du einen Dukatenscheißer besitzt!"

Darauf konnte Opa nur mit Schweigen reagieren.

Nun war erneut guter Rat teuer. Es waren nur noch vier Wochen bis Heiligabend und kein einziges Problem war gelöst. Zu allem Überfluss kamen jetzt auch noch Absagen von Enkeln. Oma weinte bei jedem Anruf und Opa wurde immer wütender. Gegenseitig warfen sie sich Unfähigkeit und Sturheit vor. Oma schimpfte: „Du bist nicht in der Lage eine normale Familienfeier zu organisieren!" Opa konterte: „Und du hast dich in deine Schmollecke zurückgezogen und mir die ganze Arbeit überlassen!"

Dann herrschte tiefes Schweigen.

Drei Tage vor Weihnachten rief der älteste Sohn an, um zu fragen, wann denn eigentlich die Weihnachtsfeier stattfinden würde und ob die Eltern noch Hilfe brauchten. Mit Schrecken vernahm er, wie Opa auf dem Anrufbeantworter Folgendes mitteilte:

„Weihnachten fällt dieses Jahr aus, denn wir verleben das Fest getrennt – ich auf Teneriffa und Oma auf Fuerteventura. Im nächsten Jahr lassen wir uns scheiden."

> „Opa, möchtest du dir mal die Radieschen von unten ansehen?", fragte mein Enkel, riss eins aus und zeigte mir dessen Wurzeln.

Über den Wert von Kleinigkeiten (1976)

Dass es durchaus nicht immer nur die furchtbar teuren Zutaten sein müssen, die den besonderen Geschmack ausmachen, weiß ich seit dem letzten Silvester ganz genau.

Trotz der Verwendung mehrerer Dosen feinsten Obstes sowie einiger Flaschen vom teuersten Sekt schmeckte das Gebräu ganz ordinär nach Bowle.

Dies änderte sich jedoch schlagartig, als mir bei der Karpfenzubereitung der Napf mit Salz im Wert von wenigen Pfennigen in die Bowle fiel. Schlagartig erhielt das Getränk einen noch nie gekannten Geschmack.

Schade nur, dass unsere Gäste, diese Ignoranten, an diesem langen Abend ausschließlich Bier trinken wollten.

> Den Abwasch kann frau sich sparen, wenn sie das benutzte Geschirr gleich nach dem Essen wegwirft und nicht erst wartet, bis ihr tolpatschiger Gatte beim Abtrocknen hilft.

Die Familienfeier (1984)

Also, man konnte sagen, was man wollte, aber der Pfarrer hatte wirklich gut gepredigt. Das sagten mir jedenfalls alle, die ich fragte, als wir auf dem Weg zum Ratskeller waren. Oma hatte geweint und einige junge Familienmitglieder, die mit Gott und der Kirche nichts anfangen konnten, hatten gekichert, aber das tat der feierlichen Stimmung keinen Abbruch.

Im Ratskeller wurde viel gegessen und noch mehr getrunken. Onkel Hugo aus dem Westen hielt eine launige Rede, die die Stimmung weiter aufheiterte, sodass sogar Oma aufhörte zu weinen.

Nach Begleichung der fast vierstelligen Zeche verfrachteten wir die Gästeschar in die bereitstehenden Trabants. Dabei machten wir uns fast vor Lachen in die Hosen, als es darum ging, die dicke Tante Trude aus Köln in unseren Trabant zu bugsieren. Vier Leute schoben die Tante und vier andere mussten den Trabi festhalten, damit er nicht umkippte oder wegrutschte.

Als die Tante endlich auf dem Beifahrersitz saß, war es zwar unmöglich, sie anzuschnallen, aber wir hielten sie für ausreichend geschützt durch ihre eingebauten Airbags. Sie saß fest eingekeilt zwischen Armaturenbrett und Rückenlehne. Nachdem auch auf der Rückbank zwei Erwachsen mit je zwei Kindern auf dem Schoß Platz genommen hatten und ich mich mühsam auf den Fahrersitz gequetscht hatte, ging es in rasender Fahrt mit knatterndem Motor zu uns nach Hause.

Pünktlich zum Kaffee saßen die Erwachsenen um den großen Ausziehtisch in unserem Wohnzimmer. Die Kinder spielten indes Verstecken in der gesamten Wohnung.

Nach dem Kaffee wurden die von der Westverwandtschaft mitgebrachten Schnäpse gereicht und innerhalb kürzester Zeit niedergemacht. Besonders viel tranken Schwager Bernd, der Volkspolizist, der aus politischen Gründen eigentlich gar nicht da sein durfte, und Cousin Frank, der ebenfalls nicht der hellste ist. Als die beiden in Streit gerieten und eine handfeste Auseinandersetzung drohte, griff Oma ein. Sie mahnte, doch wenigstens an einem solchen Tag friedlich zu sein, was die beiden Kontrahenten dazu veranlasste, sich unterzuhaken und lautstark das Lied „So ein Tag, so wunderschön wie heute" zu singen.

Die Freude der beiden währte jedoch nicht lange, denn schon bald beklagten sie das Fehlen von Alkohol, war doch der Westschnaps mittlerweile ausgetrunken. Als das Murren der beiden immer lauter wurde, gab ich Frank einen Hundertmarkschein und bat ihn, zusammen mit Bernd für Nachschub zu sorgen.

In den nächsten zwei Stunden tauchten die beiden nicht wieder auf, aber weder ihre Abwesenheit noch der Mangel an Alkohol fiel den übrigen Gästen negativ auf.

Als sich der Westbesuch verabschiedete, hatte die Familienfeier für die meisten Anwesenden ihren Sinn verloren. Die Kinder freuten sich, denn Tante Trude und Onkel Hugo teilten ihre 50 Ostmark Zwangsumtausch unter ihnen auf. Großcousin Waldemar rief beim Abschied lauthals, dass die Lieben von drüben beim nächsten Besuch doch gefälligst mal was Scharfes mitbringen sollten, wobei er bezeichnend auf Tante Trudes Busen schaute. Ich befürchtete in dem Moment, dass es in absehbarer Zeit keinen erneuten Besuch aus dem Westen geben würde.

Kaum waren die Westler weg, da kamen Bernd und Frank zurück. Von den 100 Mark hatten sie lediglich fünf Flaschen Bier gekauft, sich aber offensichtlich in der Kneipe an der Ecke volllaufen lassen.

Im kleinen Kreis wurde dann noch viel erzählt und gelacht, wenn sich Bernd und Frank nicht gerade wieder in die Wolle kriegten.

„Alles in allem", resümierte ich, „war es heute ein schöner Tag." „Schade, dass Opa ihn nicht erlebt hatte", sagte Oma. Ich wand jedoch ein: „Mit ihm wäre die heutige Feier doch gar nicht möglich gewesen."

Schließlich ist Opa heute begraben worden.

Am liebsten sind mir die entfernten Verwandten –
je weiter entfernt sie sind, desto lieber.

Auf der Reise

Elternglück

Wenn ich mit meinen Freunden zu einer Kneipentour im Zentrum verabredet bin, lasse ich stets mein Auto zu Hause und so gönnte ich mir auch neulich wieder eine Beförderung mit der S-Bahn.

In dem Abteil, das ich mir ausgesucht hatte, saßen nur wenige Leute. Da war ein junges Pärchen, das sich eng umschlungen hielt und die Welt ringsum vergessen zu haben schien. Mir schräg gegenüber saß ein Mann, der einen kleinen Jungen auf dem Schoß hatte. Das Äußere des Mannes ließ sehr zu wünschen übrig. Die Haare hingen ihm wirr ins Gesicht, das ehemals weiße Hemd wies viele schwarze Stellen auf und im Gesicht hatte er mehrere Schwellungen.

Plötzlich saß der Junge auf dem Platz mir gegenüber. „Na, mein Kleiner, möchtest du lieber hier rausgucken?", fragte ich ihn. Ich glaube, dass ich dem Kind damit keinen Anlass zu aggressivem Verhalten gegeben habe. Doch kaum hatte ich ausgesprochen, da saß er schon auf meinem Schoß und holte aus dem Abfallbehälter unter dem Fenster eine eklige Wurstpelle hervor, die er mir in den Hosenbund steckte. Ich war noch im Schock, da schnitt er mir mit einem Taschenmesserchen ein Stück meines guten neuen Schlipses ab. Als ich laut aufschrie, steckte er mir eine Hand voller rostiger

Nägel in den geöffneten Mund und schlug mir gleichzeitig mit einem Hämmerchen auf meine linke Kniescheibe.

Nun reichte es mir aber. Ich spuckte die Nägel aus, dann nahm ich den missratenen Knaben am Schlafittchen und setzte ihn dahin, wo er hergekommen war. Danach hielt ich dem Mann, der nicht in der Lage zu sein schien, seinen Sohn zu erziehen, die Wurstpelle vors Gesicht und schrie: „Mann, das ist ja das dollste Ding, was mir je passiert ist! Zu meiner Zeit hätte man den Bengel übers Knie gelegt und den Vater gleich mit."

Der junge Mann zuckte bei jedem meiner Worte zusammen. Ich sah sogar Tränen in seinen Augen, als er ganz schwach erwiderte: „Aber ich bin doch gar nicht der Vater!"

„Ihre verworrenen Familienverhältnisse interessieren mich nicht im Geringsten!", rief ich erregt, setzte mich wieder und beobachtete, wie sich der Kleine erneut an seinem angeblichen Nicht-Vater zu schaffen machte.

Als der Zug in den Bahnhof Alexanderplatz einfuhr, stand das bereits erwähnte Liebespärchen auf, ging zur Tür und die Frau rief dem Jungen zu: „Jacques-Boris, steigst du nu mit uns aus oder möchtest du dir noch ein bisschen mit die Onkels beschäftigen?"

Alles relativ (2025)

„Wir brauchen den Urlaub wirklich, denn wir sind vor kurzem umgezogen."

„Ach, das ist ja ulkig, wir auch. So ein Umzug ist ja immer eine stressige Angelegenheit."

„Wem sagen Sie das? Wir sind nach 30 Jahren das erste Mal umgezogen und dann auch noch von Berlin in eine Kleinstadt. Das ist schon eine enorme Umstellung für uns."

„Bei uns war es genau umgekehrt. Wir sind aus einem kleinen Dorf in eine große Stadt gezogen, was für uns auch eine gewaltige Veränderung ist, wenn ich allein an den Verkehr denke."

„Uns ist unsere neue Heimat fast ein bisschen zu ruhig. Es ist nichts los auf den Straßen. Die Einkaufsmöglichkeiten sind leider auch weniger geworden."

„Bei uns gibt es viele Supermärkte und Discounter. Da fällt uns direkt die Auswahl schwer. Da, wo wir herkommen gab es nur einen kleinen Dorfladen und der hat uns völlig ausgereicht."

„Die Auswahl an Restaurants ist an unserem neuen Wohnort ebenfalls ziemlich gering."

„Restaurants haben wir jetzt in Hülle und Fülle. So oft kann man gar nicht essen gehen."

„Auch die S-Bahn-Verbindung ist mehr als dürftig. Nur alle 20 Minuten fährt ein Zug nach Berlin."

„In unserm Dorf hatten wir zweimal am Tag eine Busverbindung in die Kreisstadt. Die S-Bahn, die wir nun haben, fährt alle paar Minuten."

„Sagen Sie mal, wohin sind Sie denn eigentlich umgezogen?"

„Nach Beranienwerder. Und Sie?"

„Dann sind wir ja quasi Nachbarn! Da wohnen wir jetzt auch."

Bolles Reise (1975)

Bolle reiste jüngst nach Rügen,
er fuhr janz schön rasant.
Das machte ihm Vergnügen,
da streikte sein Trabant.
Drei volle halbe Stunden
hat er dran repariert,
aber dennoch hat sich Bolle
janz köstlich amüsiert.

An der Ostsee anjekommen,
da jabs ne Drängelei.
Da sind so viel jeschwommen,
es war kein Platz mehr frei.
Von einem Bademeister
wurd' er am Strand platziert,
aber dennoch hat sich Bolle
janz köstlich amüsiert.

Dann wollte er was essen,
der Hunger war sehr groß.
Doch konnte er's vergessen,
weg war der letzte Kloß.
Nich ma ne trockne Stulle
hat man ihm mehr serviert,
aber dennoch hat sich Bolle
janz köstlich amüsiert.

Es fing schon an zu dunkeln,
als er zur Ruhe kam.
Da fing man an zu schunkeln
und singen nebenan.
Dreimal hat er vergeblich
beim Zeltwart protestiert,
aber dennoch hat sich Bolle
janz köstlich amüsiert.

Erst auf der Fahrt nach Hause,
da war er wieder froh.
Da fuhr er ohne Pause,
er freute sich aufs Klo.
Seit einundzwanzig Tagen
war er nicht mehr rasiert,
aber dennoch hat sich
Bolle janz köstlich amüsiert.

Doch als er seine Wohnung
dann endlich wiedersah,
da gab es keine Schonung,
denn jemand war schon da.
Der hatte Bolles Bude
nebst Gattin annektiert,
aber dennoch hat sich Bolle
janz köstlich amüsiert.

Autosuggestion (2020)

Kind: Papa, was steht da bei dem Auto vor uns an der Heckscheibe dran?

Vater: Da steht „Angeschnallt bleiben".

Mutter: Ich werd' verrückt! Da fliegt der Mann mit uns tief über die Autobahn und kann kein Kinoplakat auf 10 Meter Entfernung lesen. Dort steht doch ganz deutlich geschrieben „Anständig fahren!"

Vater   Blödsinn! Wer sollte sich denn solch einen Quatsch an seine Heckscheibe schreiben?

Mutter: Wahrscheinlich jemand, der dich eine Weile beim Autofahren beobachtet hat.

Vater: Vielen Dank für die Blumen.
So, ich bin jetzt noch dichter dran und kann die Schrift genau erkennen. Da steht ganz deutlich „Anstand behalten".

Mutter: Das kann doch nur jemand fordern, der schon einmal mit dir gestritten hat.

Vater: Behaupte bloß nicht, dass du sachlich diskutieren kannst!

Kind: Fahr doch noch dichter ran, Papa, dann können wir lesen, wer von uns recht hat.

Vater: Bin schon dabei, mein Kind. Jetzt wollen wir es genau wissen.

Mutter: Das sind ja mindestens noch 5 Meter Abstand und außerdem wackelt es auch noch so. Du willst nur vermeiden, dass wir sehen, dass ich recht habe.

Vater: Warum bremst denn der Idiot vor uns plötzlich?

Mutter: Verdammt! Festhalten!

Auto:	Quietsch! Rums! Klirr!
Vater:	So, das habt ihr nun davon! Unser Auto ist hin.
Mutter:	Und den Urlaub können wir vergessen.
Kind:	Hurra, endlich kann ich das Schild richtig lesen. Da steht „Abstand halten!".

An manchen Verkehrsunfällen sind die Reifen schuld,
an den meisten aber die Unreifen.

Eine Woche Kokshafen (2024)

Nachdem wir anfangs nur in der Ostsee, aber später in fast allen Weltmeeren geschwommen waren, stellten wir plötzlich mit Erstaunen fest, noch niemals in der Nordsee gebadet zu haben. Was also lag näher, als den nächsten Urlaub an der Nordseeküste zu verbringen?

Ich wollte auf keine Insel, weil ich die Anfahrt zu kompliziert und teuer fand, Sankt Petra-Ordnung schien uns zu überlaufen und an vielen anderen Stränden gab es kein FKK, wie ich feststellte.

Bei meiner Suche stieß ich schließlich auf Kokshafen, das alle unsere Kriterien zu erfüllen schien. Meine Frau rümpfte jedoch die Nase.
„Eine Hafenstadt als Urlaubsort kann ich mir nicht vorstellen."

Mit dem Einwand hatte ich gerechnet und deshalb war ich in der Lage, ihr sofort schöne Bilder des Strandes von Kokshafen zu zeigen, die ihr ihre Vorurteile nahmen.

Ich konnte es kaum erwarten, mich in die Fluten der Nordsee zu stürzen und so starteten wir im Sommer bei schönstem Wetter in den Urlaub. Dass im Radio Sturm und Regen vorausgesagt wurden, störte mich nicht. Wenn wir erst mal da wären, würde sich das Wetter schon bessern.

Trotz Navigationssystem war die Fahrt durch Hamburg ziemlich stressig, aber immerhin fanden wir danach auf Anhieb unsere Pension in dem wirklich schönen Vorort von Kokshafen.

Draußen regnete und stürmte es heftig, sodass wir an diesem

Nachmittag auf eine erste Erkundungstour zum Strand verzichteten. Wir gingen lediglich noch mit nutzlosen Regenschirmen bewaffnet zum Abendessen in ein nahegelegenes Restaurant. Es gab Fisch, wie es sich an der See gehörte.

Durchnässt kehrten wir in die Pension zurück und legten uns erst trocken, dann ins Bett.

Am nächsten Morgen hatte wenigstens der Regen aufgehört, weshalb wir beschlossen, einen ersten Spaziergang zum Strand zu unternehmen. Die Strandutensilien schleppten wir gar nicht mit, denn wir konnten uns vorstellen, dass bei dem immer noch herrschenden Sturm das Baden verboten sei.

Wie zu vermuten, hatte der Strand unter diesen Umständen keine Badegäste angelockt. Es bewegten sich lediglich viele Radfahrer und Spaziergänger zusammen mit uns über den Dünenweg. Ich schielte auf das Wasser und war hocherfreut, als ich sah, dass sogar mittelhohe Wellen vorhanden waren. Jetzt musste nur schönes Wetter werden, damit ich mich endlich in den Fluten tummeln könne.

Leider wurde an diesem Vormittag das Wetter jedoch nicht besser, sodass wir uns die Zeit mit einem Stadtrundgang vertrieben. Dass wir dabei an einem Restaurant vorbeikamen, bei dem es hervorragende Fischgerichte gab, war reiner Zufall. Wir konnten nicht widerstehen und kehrten ein, in der Hoffnung, damit die Zeit bis zum Eintreffen des schönen Wetters zu überbrücken.

Das Wetter änderte sich aber nicht, weshalb wir unseren Stadtspaziergang fortsetzten. Pünktlich zur Kaffeezeit passierten wir zufällig ein Café und beschlossen, uns Kaffee und Kuchen zu gönnen. Schließlich hatten wir ja Urlaub und viel Zeit. Wenn ab morgen schönes Wetter wäre, sähe es mit Restaurantbesuchen tagsüber sicher nicht mehr so gut aus, denn dann würden wir uns so lange wie möglich am Strand aufhalten, war ich mir sicher.

So nutzten wir die Zeit nach dem Kaffeetrinken, um uns bei einem kurzen Spaziergang ein gutes Restaurant für das Abendessen zu suchen. Wir aßen natürlich wieder Fisch.

Der dritte Tag unseres Aufenthalts begann sehr vielversprechend. Die Sonne schien und wir waren guter Dinge. Gleich nach dem Frühstück zogen wir mit Sack und Pack los, um uns ein gutes Plätzchen am Strand zu suchen.

Natürlich befand sich der FKK-Abschnitt am hintersten Ende des Badestrandes und so mussten wir eine weite Strecke am Strand wandern.

An diesem Tag waren viele Menschen am Meer und sie schienen sich sehr wohl zu fühlen, was mich wunderte, denn es war weit und breit kein Wasser zu sehen. Das war zwar gut für die kleinen Kinder, die gefahrlos am Ufer Kleckerburgen aus dem reichlich vorhandenen Matsch bauen konnten, aber wo blieb das Badevergnügen für die Erwachsenen?

Wir wanderten unbeirrt weiter, denn wir hofften, dass das Wasser steigen würde, bis wir unser Ziel erreicht haben würden.

Endlich kamen wir an den FKK-Strand, legten unsere Decke in den warmen Sand und uns darauf, aber so sehr wir auch hofften und harrten, das Wasser blieb weg. Nach einer guten Stunde gaben wir enttäuscht auf. Die Sonne brannte unbarmherzig auf uns herab und es fehlte eine Möglichkeit, sich abzukühlen. Deshalb beschlossen wir, am Nachmittag wiederzukommen. Bis dahin sollte doch die Flut das Wasser zurückgebracht haben.

Zum Mittag gab es wieder Fisch in einem nahegelegenen Restaurant. Als wir nach dem ausgedehnten Essen zum Strand zurückkamen, war es dort noch genauso trocken wie am Vormittag. Also spazierten wir zum x-ten Male die Strandpromenade entlang, genossen kalorienreiche Eisbecher mit Blick auf das abwesende Meer, aber so langsam wir auch unser Eis aßen, das Wasser blieb weg.

Schließlich machte ich Nägel mit Köpfen und schaute mir den Gezeitenplan beim Rettungsturm genauer an. Zu meiner Enttäuschung musste ich feststellen, dass an diesem und auch am nächsten Tag tagsüber nicht mit Badewasser zu rechnen sei. Natürlich hatte ich gewusst, dass es in der Nordsee Ebbe und Flut gibt. Diese Schwankungen hatten wir schon an diversen anderen Orten der Erde erlebt, aber dort war dann lediglich der Strand mal ein bisschen breiter oder schmaler, was zu lustigen Beobachtungen an Neulingen geführt hatte. Baden konnte man jedoch immer.

Dafür gab es hier das einzigartige Wattenmeer. Das sorgte dafür, dass die Leute bis an den Horizont durch den Schlamm stapfen konnten, was man Wattwanderung nannte. Auch fuhren Kutschen zu entfernten Inseln und kamen stets wohlbehalten zurück, soweit ich das beurteilen konnte. Kinder spielten ungefährdet im Modder und gruben Wattwürmer aus.

Da wir wussten, dass auch am vierten Tag unseres Aufenthalts nicht mit Badewasser zu rechnen sein würde, beschlossen wir, den

Hafen der Stadt zu besuchen.

Das taten wir auch und der Ausflug war nicht uninteressant für mich. In einem Restaurant mit Hafenblick aßen wir Fisch zu Mittag und machten anschließend die Fußgängerzone von Kokshafen, die sich kaum von Fußgängerzonen anderer Städte unterscheidet, unsicher.

Danach fuhren wir zurück in unsere Pension, um am Abend in ein Restaurant zu gehen, wo es ausgesuchte Fischspezialitäten gab.

Am fünften Tag schien endlich alles perfekt zu sein. Das Wetter war hervorragend und laut Gezeitenplan sollte um 11 Uhr die Flut kommen. Ein perfektes Timing, um gleich nach dem Frühstück in aller Ruhe zum FKK-Strand zu wandern, sich dort niederzulassen und dann endlich in der Nordsee zu baden.

Wir nahmen eine Abkürzung quer durch die Stadt und als wir angekommen waren, stellte ich fest, dass wir an diesem Tag die ersten Badegäste an dieser Stelle waren. Mit großer Freude sah ich, dass tatsächlich Wasser vorhanden war. Also zögerte ich nicht lange, sondern stürzte mich schnurstracks in die Fluten.

Es gab zwar nur ganz winzige Wellen, aber das war mir in dem Moment egal, denn ich wollte endlich in der Nordsee schwimmen. Das schien aber in Ufernähe nicht zu funktionieren, denn da reichte mir das Wasser lediglich bis zum Knie. Also ging ich weiter und weiter, aber so weit ich auch watete, es wurde nicht tiefer. Unbeirrt setzte ich meinen Weg fort, denn irgendwann musste doch der Nichtschwimmerbereich enden. Aber denkste! Als ich mich umdrehte, konnte ich meine Frau am Strand kaum noch erkennen, so weit war ich schon vom Ufer entfernt. Das Wasser ging mir immer noch bis ans Knie.

Da ich nicht die Absicht hatte, bis nach Dänemark zu gehen, kehrte ich um. In meinem tiefsten Innern befürchtete ich nämlich, dass das nur der Anfang der Flut war und sie gleich enorm zulegen könnte, was mich in ernsthafte Gefahr bringen würde.

Fast am Ufer angelangt, legte ich mich auf den Bauch und versuchte zu schwimmen, aber das Wasser war so flach, dass ich ständig Bodenberührung hatte, was nicht nur an meinem Bauch lag. So dünn, um bei der Wassertiefe nicht aufzusetzen, konnte nur eine Flunder sein. Also stand ich wieder auf und watete weiter, bis ich das Ufer und danach meine Frau erreichte. Sie hatte mich schon die ganze Zeit belustigt beobachtet und tröstete mich damit, dass heute vielleicht eine niedrige Flut herrschte. Sie meinte, dass das Wasser am nächsten Tag ganz sicher höher steigen würde, sodass ich schwimmen könne.

Ich ließ sie in dem Glauben, dass sie recht hätte, konnte mir aber nach Lage der Dinge ausrechnen, dass das Wasser normalerweise nie höher steigen würde als gerade jetzt, denn andernfalls wären die reichlich vorhandenen Strandkörbe weggespült worden.

Wir blieben trotzdem noch eine Weile. Nach und nach trafen andere Strandbesucher ein. Die wenigsten von ihnen gingen in das seichte Wasser. Es schien fast allen wichtiger zu sein, am Strand zu liegen und sich von allen Seiten gleichmäßig zu bräunen.

Uns wurde es bald zu heiß, weshalb wir den Strand vor dem

Mittag verließen und erneut durch die Stadt wanderten. Diesmal hatten wir vor, mittags nicht wieder ein Restaurant aufzusuchen und so aßen wir an einem Imbissstand je eine Portion Fish & Fries, wie Fish & Chips hier hießen.

Ich hatte keine Lust mehr, noch einmal an den Strand zu gehen, denn das Wasser sollte laut Gezeitenkalender schon wieder zurückgehen. Deshalb beschlossen wir, es uns auf der gepflegten Wiese der Pension bequem zu machen. Dort gab es Liegen, die wir uns so zurechtrücken konnten, dass wir gerade so viel Schatten durch die Bäume hatten, wie uns lieb war.

Natürlich ließen wir die Abendmahlzeit nicht ausfallen, sondern aßen ein wunderbares Fischgericht.

Am sechsten Tag sollte es gegen Mittag Flut geben. In Ermangelung einer Alternative gingen wir wieder an den Strand und legten uns auf unsere Decke. Es gab einige Menschen, die bis zu den Knien im Wasser standen, und das, so weit das Auge blickte. Auch ich konnte nicht widerstehen und watete ein Stück ins Meer, bis ich auf etwas Scharfes trat. Ich wusste nicht, ob es sich um eine Muschel oder eine weggeworfene Rasierklinge handelte, aber das war mir auch egal. Ich verließ das Wasser so schnell wie möglich. Am Ufer untersuchte ich meine Fußsohle. Ein bleibender Schaden schien nicht entstanden zu sein, sodass ich das Betreten einer Rasierklinge ausschloss. Trotzdem hatte ich die Nase endgültig voll von diesem Wattenmeer. Meine Frau stimmte mir zu, als ich vorschlug, wieder die idyllische Liegewiese der Pension aufzusuchen und so zogen wir uns dorthin zurück.

Am Abend gab es noch einmal Fisch zum Abschied, bevor wir

uns zur morgigen Heimfahrt rüsteten.

Gut zu Hause angekommen, stellte ich fest, dass der Urlaub ein Reinfall gewesen war. Ich nahm mir vor, im nächsten Jahr lieber an einen Binnensee ohne Gezeiten zu fahren oder sogar daheim zu bleiben. Zu Hause könnten wir uns nackt auf dem Balkon in die Sonne legen und ab und zu in der Badewanne wassertreten. Nicht einmal auf das Fischessen müssten wir verzichten, denn wir haben sehr gute Restaurants, die auch Fischgerichte anbieten, in der Nähe und Fish & Chips gibt es als Imbiss auch.

Wir würden Geld sparen und dabei die Umwelt schonen

Schon unser großer deutscher Dichter Johann Wolfgang von Goethe schrieb seinerzeit sinngemäß:

„Warum denn in die Ferne schweifen,

wo das Gute liegt so nah?"

Das hört sich so an, als sei er auch gerade enttäuscht von einem Badeurlaub in Kokshafen zurückgekehrt.

Ach, würden doch alle Wünsche so schnell in Erfüllung gehen wie „Guten Appetit".

Fragen über Fragen

Während meiner zahlreichen Reisen fielen mir immer wieder dieselben Dinge auf, die ich hier kurz zusammenfassen möchte.

- Warum sitzen im Flugzeug immer dicke, alte, schwitzende Männer neben mir und nie hübsche, junge, gutriechende Frauen?
- Warum fliege ich immer mit 100% ausgelasteten Flugzeugen, obwohl doch die Airlines angeblich nie ihre Flugzeuge voll bekommen?
- Warum wähle ich stets bei der Buchung die Autovermietung, bei der am Ankunftsflughafen die längste Schlange ist?
- Warum wird immer am anderen Ende des Flugzeugs angefangen zu servieren, egal ob ich vorn oder hinten sitze?
- Warum sitze ich im Flugzeug nie auf der Seite, auf der etwas Besonderes zu sehen ist?
- Warum ist mein Koffer jedes Mal der letzte auf dem Gepäckband?
- Warum sprechen die Piloten immer so undeutlich, wenn sie eine Durchsage machen?
- Warum werden die Flugpreise jedes Mal niedriger, nachdem ich gebucht habe?
- Warum kommen die Sonderangebote für Mietwagen immer erst, wenn ich schon ein Auto unwiderruflich gemietet habe?
- Warum sitzen immer die Leute am Gang, die während eines Langstreckenfluges nicht ein einziges Mal aufstehen?

Home Sweet Home

Der Krankenbesuch (2020)

Ich liege entspannt in der Badewanne und denke gerade darüber nach, dass man krankfeiern muss, um einmal diesen Luxus zu genießen, da klingelt es an der Wohnungstür. Da ich niemanden kenne, der mich besuchen könnte, schließe ich messerscharf, dass ausgerechnet jetzt das Paket vom Onlineshop kommt, auf das ich schon so lange warte. Eigentlich habe ich keine Lust jetzt aus der Wanne zu steigen, mir etwas überzuziehen und die Tür zu öffnen. Weil ich mir aber den Weg zur nächsten Ausgabestelle sparen möchte, beschließe ich, es trotzdem zu tun.

Also erhebe ich mich und angle nach meinem Handtuch. Dabei rutsche ich aus und klatsche zurück in die Wanne, womit ich einen Tsunami erzeuge, der mit einem Schlag die Hälfte des warmen Wassers auf Fußboden und auf Wände befördert. Sofort verspüre ich einen heftigen Schmerz in meinem Steiß. Zum Handtuch brauche ich nicht mehr zu greifen, denn das schwimmt im verbliebenen Badewasser, sodass es sich nicht mehr zum Abtrocknen eignet.

Unter Schmerzen rapple ich mich hoch, steige aus der Wanne und bewege mich humpelnd in Richtung Wohnungstür. Gerade noch rechtzeitig fällt mir ein, dass ich nicht tropfnass und splitternackt die Tür öffnen kann. Also muss ich erst ins Schlafzimmer, um mir ein neues Handtuch und etwas zum Anziehen zu holen. An der Wohnungstür bleibe ich einen Moment stehen, um dem vermeintlichen Paketboten zuzurufen: „Nun mach mal kein Theater, Kumpel! Stell es einfach vor die Tür und hau ab!"

Plötzlich dringt das Wort „Meise" an mein Ohr und ich antworte wütend: „Selber Meise! Hättest du was Vernünftiges gelernt, müsstest du nicht durch die Häuser rennen und Leute in ihrer wohlverdienten Ruhe stören!"

Da ertönt draußen eine mir nur zu vertraute Stimme.
„Machen Sie bitte auf, Herr Kaufmann, ich bin es, Ihr Abteilungsleiter Martin Meise. Ich möchte einen Krankenbesuch bei Ihnen machen."

Oh, verdammt, schießt es mir durch den Kopf. Der hat mir gerade noch gefehlt! Seit ich ihn vor Kurzem vor der versammelten Belegschaft kritisiert habe, ist mein Chef nicht gut auf mich zu sprechen. Wenn ich die Tür jetzt nicht unverzüglich öffne, wird es ihm eine Freude sein, mir die Krankengeldzahlung zu verweigern und mich vielleicht sogar zu entlassen. Also muss ich ihn so schnell wie möglich in halbwegs ansehnlichem Zustand empfangen.

Mein direkter Weg führt mich deshalb ins Schlafzimmer, wo ich mich aus dem Kleiderschrank mit ordentlichen Klamotten versorgen will. Leider öffne ich in meiner Hektik die Tür zu stürmisch, sodass sie zurückspringt und mir an den Kopf prallt. Ich schreie vor Schmerz auf und sehe einen Moment Sterne, fange mich aber sofort wieder und taumele in Richtung Bett. Unglücklicherweise stoße ich dabei mit meinem kleinen Zeh an den Fuß meines Bettes, was mir erneut höllische Schmerzen bereitet. Ich nehme an, dass der Zeh gebrochen ist, denn er steht jetzt senkrecht vom Fuß ab.

Nachdem ich mich auch von diesem Unfall einigermaßen erholt habe, gelingt es mir endlich, die Schranktür unfallfrei zu öffnen. Sie hat innen einen Spiegel, in dem ich mich erblicke und erschrecke, denn ich sehe eine große Beule am Kopf, die in roter Farbe leuchtet. Ich weiß nicht, wie ich dem Chef, der immer noch wie ein Wilder an meine Tür bummert, diese Verletzung erklären soll.

Aber zum Glück habe ich auch für dieses Problem eine Lösung. Bevor ich mir Hemd und Hose anziehe, gehe ich schnell zurück ins Badezimmer, um mich an dem dort befindlichen Make-up meiner Frau zu bedienen und meine Beule wenigstens farblich zu kaschieren.

Als ich an der Wohnungstür vorbeikomme, höre ich Herrn Meise draußen wütend schimpfen. Ich rufe mit vor Schmerz verzerrter Stimme: „Einen Moment, Herr Meise ich bin gleich so weit!"

Im Badezimmer öffne ich den Spiegelschrank. Wo hat meine Frau denn eigentlich ihr Make-up? Ich habe keine Ahnung, wie das Zeug aussieht. Beim Wühlen in ihrer Hälfte des Spiegelschranks zittern mir die Hände vor Aufregung so heftig, dass mir der gesamte Inhalt entgegenfällt. Tiegel knallen auf den Boden und bersten. Als ich versuche, die Reste des Make-ups aufzunehmen, schneide ich mich an einer Glasscherbe und heule vor Wut und Schmerz laut auf.

Das, was ich jetzt auf den Fliesen vorfinde, kann ich mir leider nicht ins Gesicht schmieren, denn das Make-up ist mit dem Blut meiner Hand vermischt. Als ich mich wieder aufrichte, stoße ich mit dem Kopf an die noch immer offene Tür des Spiegelschranks, was mir nicht nur höllische Kopfschmerzen bereitet, sondern auch den Schrank aus seiner Verankerung löst, sodass er krachend zu Boden fällt. Zu den bisherigen Glasscherben gesellen sich nun auch noch die des Spiegels. Beim Verlassen des Badezimmers höre ich es klappern. Als ich nachsehe, was das ist, bemerke ich, dass ich einige Scherben in der Fußsohle habe und diese mitschleppe. Den Schmerz spüre ich schon gar nicht mehr, hinterlasse aber viele rote Fußabdrücke.

Unverrichteter Dinge eile ich zurück ins Schlafzimmer, nicht ohne beim Passieren der Wohnungstür Herrn Meise zuzurufen, dass ich ihm sofort die Tür öffnen werde.

Während es mir kaum Mühe macht, in das Oberhemd zu schlüpfen, bereitet mir das Anziehen der Hose große Schwierigkeiten. Ich habe wegen der Scherben in den Füßen keinen festen Stand und verheddere mich auf halber Höhe, hopse auf einem blutenden Fuß durchs Schlafzimmer, bis ich das Gleichgewicht verliere und lang hinschlage. Ich bleibe einen Moment besinnungslos liegen, dann raffe ich mich auf, setze mich aufs Bett, um jetzt die Hose vollständig anzuziehen. Dabei bemerke ich, dass ich sie soeben eingerissen habe. Zum Glück befindet sich die offene Naht hinten, sodass ich den Chef mit dieser Hose empfangen kann, wenn ich ihm nicht den Allerwertesten zuwende.

Mehr Sorgen machen mir meine Zähne, denn die scheinen bei dem Sturz arg in Mitleidenschaft gezogen worden sein. Zwei Schneidezähne wackeln und einer ist abgebrochen. Zudem läuft mir Blut aus dem Mund auf mein bis dahin sauberes Hemd.

Es hilft alles nichts, ich kann meinen Chef nicht länger warten lassen. Ich muss ihm sofort die Tür öffnen, egal wie ich aussehe.

Als er mich so sieht, schaut er mich einen Moment lang erschüttert und mitleidig an, dann sagt er: „Meine Güte, Herr Kaufmann, ich hatte ja keine Ahnung, wie schlimm es um Sie steht. Was für eine schreckliche Krankheit haben Sie denn?"

„Schnupfen", antworte ich wimmernd.

> An apple a day keeps the doctor away.
> An onion a day keeps everybody away.

Erschreckendes (2021)

Man mag es kaum glauben, aber mitten in unserem so beschaulichen Klein Kleckersdorf gibt es einen Ort mit einer Atmosphäre wie man sie nur in Las Vegas vermutet.

Verschwitzte Gestalten mit roten Köpfen stehen am Glücksautomaten und fordern ihr Schicksal heraus. In wilder Entschlossenheit erhöhen sie ständig ihre Einsätze mit dem Ziel, am Ende doch noch zum Erfolg zu kommen. Ein Euro nach dem anderen verschwindet für immer in dem gierigen Gerät.

Dabei sollten ihnen doch jene Verzweifelten eine Warnung sein, die gebrochen nur noch darauf hoffen, dass irgendein Freund oder gar eine gute Fee aus dem Märchenland ihnen weiterhilft.

Plötzlich geht ein Aufschrei durch die Menge. Einer hat es geschafft! Für ihn hat sich der Einsatz gelohnt. Er ist zum Sieger über die Technik geworden!

Triumphierend durchbricht er die Mauer aus ungläubig und neidisch blickenden Menschen. In der Hand trägt er, für alle sichtbar, die soeben dem Automaten abgerungene S-Bahnfahrkarte.

> Gerate ich in mehr Wut,
> trink' ich ne Flasche Wermut.

Verlass dich bloß nicht auf Google! (2022)

So sehr uns auch ein Umzug in eine kleine Stadt vor den Toren Berlins lockte, so schreckte uns doch der Blick auf Google Maps ab. Genau auf dem zum Kauf angebotenen Grundstück war nämlich eine Rewe-Filiale eingezeichnet. Das konnte doch nicht wahr sein, dass man uns ein Haus auf dem Gelände eines Supermarkts andrehen wollte! Wir stellten uns vor, wie von morgens bis abends Autos auf den Parkplatz fahren, Kunden die Türen beim Aus- und Einsteigen knallen und die Einkaufswagen über das Pflaster rattern. Das schien aber noch nicht alles an Belästigung zu sein, denn Supermärkte mussten ja auch beliefert werden, was möglicherweise mitten in der Nacht geschieht. An einen erholsamen Nachtschlaf war da jedenfalls nicht zu denken.

Bevor ich das Angebot des Maklers dem Papierkorb überantwortete, ließ ich mich jedoch von meiner Frau dazu überreden, einen Sonntagsausflug zu machen, um die Gegebenheiten vor Ort in Augenschein zu nehmen.

Dort angekommen, stellte sich die Situation glücklicherweise völlig anders dar. Auf dem Grundstück, das wir kaufen wollten, gab es keinen REWE, sondern es handelte sich um ein ganz normales Einfamilienhaus mit der Hausnummer 25, das von einem Garten umgeben war. Von einem Supermarkt war weit und breit nichts zu sehen. Das nächste Grundstück hatte die Hausnummer 25 A und war ebenfalls mit einem kleinen Haus bebaut. Ging man in dieser Richtung weiter, so passierte man ein Seniorenheim mit den Hausnummern 25 B - D und danach ein stark verwildertes Wäldchen ohne Hausnummer, bis man schließlich nach etwa einem halben Kilometer ein Einkaufszentrum mit je einer REWE-

und ALDI-Filiale sowie weiteren Geschäften erreichte. Dieses Zentrum hatte die Hausnummern 25 E - H. Alle Gebäude besaßen den Charme von Volksarmee-Kasernen, die sie tatsächlich früher auch gewesen waren, wie wir später erfuhren, aber das störte uns nicht. Wichtig war nur, dass sie sich nicht auf dem Grundstück befanden, das wir erwerben wollten.

Beruhigt kauften wir das Haus, zogen ein und freuten uns, dass wir es künftig ruhig und gemütlich haben würden und trotzdem sogar zu Fuß einkaufen gehen könnten, wenn wir wollten. Wir ahnten noch nicht, was uns alles bevorstand.

Es begann damit, dass eines schönen Tages ein großer LKW vor unserem Grundstück hielt. Sein Fahrer öffnete die Ladebordwand und begann Paletten mit Milch, Zucker, Nudeln und dergleichen abzuladen. Als ich erstaunt an das Gartentor kam, fragte der Lieferant, wohin er denn die Ware bringen solle. Meine Verwirrung war groß, denn wir hatten gar keine Lebensmittel bestellt. Auch fehlte uns die Lagermöglichkeit für diese große Menge. Ich verweigerte deshalb die Annahme, aber da zeigte mir der Fahrer seinen Lieferschein und ich musste zugeben, dass darauf unsere Adresse stand. Da jedoch als Empfänger die Firma REWE vermerkt war und unserem Haus die entsprechenden großen roten Buchstaben fehlten, konnte ich ihn davon überzeugen, die Ware zu dem 500 Meter entfernten Supermarkt zu bringen. Er entschuldigte sich damit, dass er neu auf dieser Strecke sei und sich nach Google Maps gerichtet hätte.

Zum Glück wurden es im Laufe der Zeit immer weniger ortsfremde Fahrer, die die Geschäfte belieferten und so konnten wir hoffen, endlich Ruhe vor unerwünschten Lieferungen zu haben.

Nach einem Jahr wurde das Einkaufszentrum umgebaut. Die alten Gebäude wurden abgerissen und an ihrer Stelle sollten moderne Konsumtempel entstehen. Das würde sicherlich nicht nur für uns eine Verbesserung werden, sondern auch für das Verkaufspersonal, dachten wir und freuten uns darüber.

Die Freude wurde allerdings getrübt, als eines Tages ein Betonmischer vor unserem Haus anhielt und der Fahrer Anstalten machte, seine Ladung bei uns loszuwerden. Zum Glück fragte er mich vorher, wohin er den Beton pumpen solle. Ich sah ihn entgeistert an, denn was sollten wir damit. Als der Fahrer meine abwehrende Haltung bemerkte, wurde er sehr ungehalten und beschimpfte mich mit einem wohl unter Bauarbeitern üblichen Vokabular in gehobener Lautstärke. Er war nicht davon abzubringen, dass wir den Beton bestellt hätten und ihn demzufolge auch abnehmen müssten. Zum Beweis zeigte er mir den Lieferschein und ich erkannte, dass wieder der alte Fehler gemacht worden war. Wohl, weil der Supermarkt von Google falsch eingezeichnet war, hatte die Baufirma als Lieferadresse die Hausnummer 25 angegeben. Zum Glück gelang es mir noch rechtzeitig, den Kraftfahrer davon zu überzeugen, den Beton zur nahegelegenen Baustelle zu bringen, anstatt unseren Vorgarten damit zu versiegeln.

Leider war dies aber nur der Beginn der Fortsetzung des Dramas der verkürzten Hausnummern und des falschen Standorts. Täglich kamen nun Lieferanten mit Steinen, Kabeltrommeln und anderen Baumaterialien, um sie bei uns abzuladen. Wenn ein LKW in der Nähe unseres Hauses stand, und sein Fahrer verzweifelt mit einem Lieferschein von Haus zu Haus lief, wussten wir stets sofort, dass wir eingreifen mussten, bevor der arme Kerl vollendete Tatsachen schaffte und seine Ware bei uns ablud. Ein geschlossenes Gartentor hinderte die Lieferanten erfahrungsgemäß auch nicht, denn mithilfe des meist vorhandenen Krans konnten sie ihre Ladung einfach über unseren Zaun hieven.

Weil uns diese ständigen Diskussionen furchtbar nervten, nutzte ich die Korrekturmöglichkeit von Google Maps und teilte dort mit, dass die Supermärkte sowie die Baustelle die Hausnummern 25 F - H hätten. Google dankte mir daraufhin, versprach meinen Änderungswunsch zu prüfen und zu bearbeiten. Einige Wochen später wurde mir mitgeteilt, dass der Fehler in der Karte behoben worden sei.

Nun meinten wir aufatmen zu können, denn das Einkaufszentrum war endlich an der richtigen Stelle eingezeichnet. Dafür musste ich jedoch mit Schrecken feststellen, dass sich laut Google Maps jetzt eine DHL-Packstation am Ende des neben unserem Grundstück verlaufenden Waldweges befinden sollte.

„Na, da wird doch wohl niemand so dumm sein und dort sein Paket abholen wollen", lachte ich, aber es dauerte gar nicht lange, da fuhr der erste Postkunde mit seinem PKW in diesen Waldweg. Wir konnten aus dem Fenster beobachten, wie er ausstieg und auf der Suche nach der Packstation zwischen den Bäumen hin- und herirrte, um schließlich aufzugeben. Danach versuchte er auf dem schmalen Weg seinen Wagen zu wenden. Es dauerte nicht lange, da hatte er sich in dem matschigen Boden festgefahren. Der Fahrer meinte jetzt, sich mit Vollgas aus der misslichen Lage befreien zu können, was ihn jedoch noch tiefer in den Schlamassel trieb. Wollten wir den heulenden Motor und den Auspuffqualm nicht länger ertragen, so blieb uns nichts anderes übrig, als dem Steckengebliebenen zu helfen. Das gelang uns auch unter großen Mühen, wobei wir hinterher aussahen, als wären wir soeben einem Schlammbad entstiegen. Mit letzter Kraft wiesen wir dem Postkunden den Weg zur Packstation, die sich ebenfalls auf dem Gelände des Einkaufszentrums befand, dann gingen wir duschen.

Also hatte ich wieder etwas zu beanstanden und sandte Google den nächsten Änderungswunsch. Bis dieser umgesetzt war, dauerte es vier Wochen. In dieser Zeit hatten wir nicht nur etliche Rettungseinsätze für festgefahrene Autos auf besagtem Waldweg, sondern mussten auch einige Menschen mehr oder weniger höflich unseres Grundstücks verweisen, da sie offensichtlich vermuteten, dass unser Haus die Packstation sei. Einer versuchte sogar, uns unter Androhung von körperlicher Gewalt zur Herausgabe seines Pakets zu zwingen.

Nachdem Google endlich auch diese Änderung durchgeführt hatte, atmeten wir auf. Jetzt sollten doch wohl alle Menschen die schon fertiggestellten Supermärkte, die Packstation und auch die noch bestehende Baustelle finden, sodass wir unbesorgt verreisen konnten.

Als wir nach zwei Wochen Ostseeurlaub wieder nach Hause fahren wollten, aktivierte ich Google Maps zum heimwärts Navigieren. Dabei bemerkte ich zu meinem Schreck, dass jetzt das gesamte Einkaufszentrum einschließlich der Baustelle in unserem Garten eingezeichnet war. Nichts Gutes ahnend traten wir den Heimweg an.

Nachdem wir unser Grundstück in der Dunkelheit erreicht hatten, wollte ich das Tor öffnen, um unser Auto in die Garage zu fahren, was mir jedoch nicht gelang, denn ganz dicht hinter dem Tor in der Einfahrt befanden sich viele Paletten mit Gehwegplatten. Links und rechts davon standen zwei Torhäuser, die sich bei näherem Hinsehen als Dixi-Toiletten erwiesen.

Als ich mich entsetzt umdrehte, um zum Auto zurückzukehren, prallte ich fast mit einer fremden Frau zusammen. Sie deutete auf unser Domizil und fragte mich erstaunt: „Sagen Sie bitte, ist das hier das Futterhaus?"

> Mitten in der Waschstraße meldete sich plötzlich meine Navi-App mit der Ansage: „Bitte wenden!"

Mein Freitagabend (2019)

Wenn das Wochenende beginnt, heißt es für mich traditionell Krimi gucken. So gerne ich Kriminalfilme anschaue, so sehr ärgere ich mich ständig über die vielen Fehler, die ich darin entdecke. Trotz allem lege ich mich auch diesen Freitagabend gemütlich aufs Sofa, stelle mir genügend Bier und eine Schüssel mit Erdnussflips bereit, dann kann es losgehen.

Der heutige Krimi beginnt wie üblich mit einer Leiche in Groß-aufnahme. Eine mit einem entzückenden Nachthemd bekleidete junge Frau ist aus dem 10. Stock eines Hochhauses gefallen und liegt auf dem Pflaster. Sie blutet ein wenig aus der Nase, aber sonst scheint ihr nichts passiert zu sein, außer dass sie tot ist.

Schon beginne ich zu zweifeln, denn wie kann es sein, dass jemand so gut aussieht, der aus dieser Höhe auf das Straßenpflaster geknallt ist. Ich denke daran, wie ich aussah, nachdem ich neulich beim Radfahren über den Lenker abgestiegen war.

Während die Kriminaltechniker in Schutzanzügen und Gesichtsmasken herumlaufen, zertrampelt der Kommissar alle Spuren, als er ausgiebig die Tote betrachtet. Aus der gaffenden Menge löst sich plötzlich eine überaus attraktive blonde Frau und geht auf den Kommissar zu. Sie sieht etwas derangiert aus und hält ihren Mantel vorne mit der Hand zusammen, was bei mir den Eindruck erweckt, dass sie nichts darunter trägt. Sie nennt den Kommissar beim Vornamen und beide stimmen nach kurzem Gespräch darin überein, dass sie eine ehemalige Kollegin von ihm ist, mit der er ein Verhältnis hatte, bis sie den Polizeidienst verlassen musste. Nach einem kurzen Geplänkel verabreden sie sich für den

Abend in ihrem alten Stammlokal, dann verschwindet sie wieder.

Ich ahne Schreckliches, denn meine Krimierfahrung sagt mir, wenn ein Kriminalist eine Geliebte hat, ist sie entweder die Mörderin oder sie wird später selbst ermordet, was beides keine guten Voraussetzungen für eine lange Beziehung sind.

Die nächste Szene spielt im Leichenschauhaus, wo die tote junge Frau nackt auf dem Seziertisch liegt. Sie hat jetzt eine Y-förmige Naht auf der Brust, die aber ihrer Schönheit keinen Abbruch tut. Der Gerichtsmediziner ist gerade beim Frühstück, als der Kommissar zusammen mit seiner jungen Assistentin hereinkommt. Der Doktor beißt noch einmal ab, dann legt er sein Blutwurstbrötchen beiseite und geht zur Leiche, um haarklein zu erläutern, woran die Frau gestorben ist und dass sie im dritten Monat schwanger war. Eigentlich will der Kommissar nur wissen, ob es Selbstmord oder Mord war, aber da ist der Mediziner überfragt.

Als die Kriminalisten wieder gehen wollen, lädt sie der Arzt zu einem Mettbrötchen und einem Glas Sangria ein. Als Nachtisch soll es rote Grütze geben. Der Kommissar lehnt dankend ab, während seine Assistentin hastig die Toilette aufsucht. Der Mediziner isst nun allein mit sichtlichem Genuss weiter.

Ich an seiner Stelle würde mir ja die Hände waschen, nachdem ich eine Leiche angefasst habe, aber wahrscheinlich hätte ich in dieser Atmosphäre sowieso keinen Appetit. Auf dem Sofa in meinem Wohnzimmer lasse ich mir meine Erdnussflips jedoch trotzdem schmecken.

In der nächsten Szene sieht man den Kommissar in der Wohnung der Toten, wo er sich mitten ins Zimmer stellt und die Augen schließt, um das furchtbare Geschehen zu fühlen. Dann geht er zum Fenster, aus dem das Opfer gefallen ist, wo er auf Anhieb ein langes blondes Haar findet, das nicht von der Toten stammen kann, denn diese hat kurze schwarze Haare.

Ich ärgere mich über die mangelnde Sorgfalt der Spurensicherung. Die hätte dieses Haar doch sehen müssen! Wofür werden diese Leute eigentlich bezahlt? Darauf muss ich erst mal einen großen Schluck Bier trinken.

Danach sucht der Kommissar in der Wohnung nach weiteren Spuren oder Hinweisen. Das Bett im Schlafzimmer ist zerwühlt und auf dem Fußboden liegen diverse Kleidungsstücke herum. Der Kommissar beachtet diese Utensilien jedoch gar nicht.

Ich als Frauenkenner sehe natürlich sofort, dass ein herumliegender BH nicht der Toten gehört haben kann, da sie ziemlich kleine Brüste hatte, wie man in der Gerichtsmedizin deutlich sehen konnte. Diese großen Körbchen passen dagegen nur Damen mit einer üppigen Oberweite. Vor Ärger über die Ignoranz des Kommissars trinke ich meine Flasche Bier in einem Zug aus.

Der Kriminalist wendet sich jetzt dem Nachtschränkchen zu. Als er es öffnet, fällt ihm sofort ein Blatt Papier ins Auge, das er herausnimmt. Es handelt sich um einen Brief, der mit dem Satz endet „Ich bringe dich um!".

Während ich darüber nachdenke, wie lange ich manchmal in meinem eigenen Schreibtisch suchen muss, um meine Stromrechnung oder andere wichtige Dokumente zu finden, öffne ich die zweite Flasche Bier, um die letzten verbliebenen Erdnussflips herunterzuspülen.

Als der Kommissar weitere Schubladen durchsucht, taucht plötzlich hinter ihm eine Gestalt auf und schlägt ihm eine Bodenvase auf den Kopf, sodass er umfällt wie ein Baum und die Bodenvase zerschellt. Als er wieder zu sich kommt, ist der Brief weg und es sieht aus, als hätte jemand die gesamte Wohnung durchwühlt.

Ohne auf seine Kopfschmerzen und die riesige Beule an seinem Hinterkopf zu achten, geht der Kommissar in das Restaurant, in dem er mit seiner früheren Geliebten verabredet ist. Sie trifft nach ihm ein und sieht umwerfend aus, was nicht zuletzt an ihrem blonden Haar und ihrem üppigen Dekolleté liegt.

Beim Essen unterhalten sie sich über alte Zeiten. Unter anderem erzählt sie ihm, dass sie jetzt ein eigenes Wachschutzunternehmen leite. Nach dem Essen fragt sie ihn, ob er noch die schönen alten Schallplatten hat, zu denen sie damals immer getanzt haben. Er nickt und sie gehen zu ihm nach Hause.

Dort angekommen, lassen sie die Schallplatten, wo sie sind, denn gleich im Flur der riesigen Luxusvilla des Kommissars beginnen sie sich die Sachen vom Leib zu reißen. Der Weg ins Schlafzimmer wird mit Kleidungsstücken markiert.

Wie ich mühelos feststelle, entspricht der herumliegende BH in seiner Größe genau dem in der Opferwohnung. Damit erhärtet sich mein Verdacht, dass die alte Freundin die Mörderin ist.

Der Anblick des Großraum-BHs bringt mich spontan auf die Idee, mir am nächsten Freitag eine zweite große Schüssel mit Erdnussflips zu füllen, damit ich bis zum Krimi-Ende etwas zum Knabbern habe.

Während der Kommissar sanft und selig schläft, steht seine Freundin auf und liest in der Ermittlungsakte, die auf seinem Nachtisch liegt.

Jetzt bin ich wirklich entsetzt, wie lax der Datenschutz bei der Polizei genommen wird. Ich arbeite im Amt für Straßenbau und dürfte keine Akte über auch nur einen Meter Feldweg mit nach Hause nehmen. Vor Ärger trinke ich die nächste Flasche Bier leer.

Als der Kommissar am nächsten Morgen aufwacht, ist seine Freundin längst weg. Schlecht gelaunt fährt er ins Präsidium, wo im Moment seines Eintreffens einer seiner Mitarbeiter vergeblich versucht, einen Kaffee aus dem Automaten zu bekommen. Der Kommissar tritt nur ein Mal gekonnt gegen den Apparat und schon läuft die schwarze Brühe in den Pappbecher. Alle bewundern ihn, denn er ist einfach genial.

Bei der anschließenden Besprechung erwähnt der Chef nichts von dem Angriff auf ihn. Das regt mich schon wieder furchtbar auf, denn es handelt sich doch eindeutig um einen Arbeitsunfall. Sollte der Kommissar später einmal geisteskrank werden, kann er nicht beweisen, dass ein Betriebsunfall daran schuld ist.

In der nächsten Szene betritt der Kommissar sein Dienstzimmer, wo schon zwei Beamte vom Verfassungsschutz auf ihn warten, welche das Verfahren an sich ziehen wollen, was er mit aller Kraft verhindern will.

Ich kann mir nicht helfen, aber ich an seiner Stelle wäre froh, wenn mir mal jemand Arbeit abnehmen würde, anstatt mir immer mehr aufzubürden. Und dabei höre ich dauernd, Polizisten seien überlastet, was wohl eine Fehlinformation sein muss. Ich öffne die nächste Flasche Bier, nehme einen kräftigen Schluck und warte gespannt, wie es weitergeht.

Nachdem der Polizeipräsident entschieden hat, dass der Fall an den Verfassungsschutz abgegeben wird, nimmt der Kommissar seinen Resturlaub und ermittelt auf eigene Faust weiter.

Bald findet er heraus, dass das Mordopfer die uneheliche Tochter eines Staatsanwalts und einer Prostituierten war. Außerdem erfährt er, dass die Ermordete in einer lesbischen Beziehung zu seiner alten und neuen Geliebten stand. Da die Tote schwanger war, liegt der Verdacht nahe, dass sie zusätzlich eine Beziehung zu einem Mann hatte. Dessen Namen findet der Kommissar auch schnell im Notizbuch der Toten, das er dem Verfassungsschutz vorenthalten hatte. Wie sich herausstellt, ist der potenzielle Kindsvater ein homosexueller Mann mit Beziehungen zur rechtsradikalen Szene, der vor 20 Jahren einen Verkehrsunfall mit Fahrerflucht verursacht hat, bei dem die Frau des Kommissars umgekommen ist.

Bei seinen Ermittlungen wird der Kommissar jedoch vom Verfassungsschutz ständig verfolgt und so sehr behindert, dass er annimmt, die Tote sei eine verdeckte Ermittlerin gewesen, die in die rechte Szene eingeschleust wurde.

Zu seinem Leidwesen muss der Kommissar im Zuge seiner Ermittlungen auch mit einem Nachtclubbetreiber sprechen. Während er das tut, turnen im Hintergrund nackte Frauen an einem senkrechten Reck.

Von da an wird es ziemlich langweilig, denn der Kommissar fährt ständig zwischen dem Tatort, seiner alten Freundin und dem schwulen Rechtsradikalen hin und her und guckt dabei immer nur schlau in der Gegend herum. Ich verstehe nicht, warum er nicht endlich seine Geliebte verhaftet.

Plötzlich wird es so laut, dass ich hochschrecke. Eine hochschwangere Polizistin liefert sich im Alleingang eine Schießerei mit der Mafia. Obwohl die Beamtin nur mit einer Pistole bewaffnet ist, die Gegner aber mit Maschinengewehren auf sie schießen, gelingt es ihr, alle Mafiosi kampfunfähig zu machen. Allerdings steht plötzlich einer von ihnen wieder auf und beginnt erneut zu schießen, aber die schwangere Polizistin streckt ihn mit einem weiteren Schuss nieder und nimmt ihm die Maschinenpistole weg. Trotzdem steht der Kerl noch mal auf und greift sie mit einer Eisenstange an. Er scheint in seinem früheren Leben eine Katze gewesen zu sein, denn er hat anscheinend noch einige seiner sieben Leben übrig. Die Polizistin greift nun zu einer herumliegenden Maschinenpistole und durchsiebt ihn. Diesmal bleibt er wirklich liegen.

Nachdem jetzt alle Verbrecher tot sind, erscheint auch schon das SEK.

Ich grüble, wie das alles zusammenpasst. In dem Krimi kamen bisher weder diese Polizistin noch die Mafia vor.

Als danach sofort die Nachrichten beginnen, begreife ich, dass ich eingeschlafen war und erst am Ende des nachfolgenden Krimis wieder aufgewacht bin.

Brauche ich eine Brille? (2020)

Als ich neulich versehentlich bei einem Erotikversand ein Smartphone bestellen wollte, weil ich Elektronikversand gelesen hatte, musste ich mir ehrlich eingestehen, dass ich oft zu schnell und zu oberflächlich lese.

Besonders schlimm ist es immer beim Lesen der Zeitung.

Da fällt mir als Erstes die Werbung entgegen und ich wundere mich darüber, dass mir jemand einen Lottoschein mit 6 vorausgefüllten Tippfehlern anbietet. Ich weiß gar nicht, wo man bei einem Lottoschein 6 Tippfehler machen kann. Sind die im Kleingedruckten versteckt? Als ich noch einmal genau hinschaue, sehe ich, dass schon 6 Tippfelder angekreuzt sind. Ach so!

Beim weiteren Betrachten der Reklame staune ich nicht schlecht, dass in einem Baumarkt ein verchromter Büstenhalter angepriesen wird. Warum verchromt man solch ein Kleidungsstück? Sollte es ein Fetisch sein, so frage ich mich, warum er im Baumarkt angeboten wird. Ach, jetzt sehe ich es. Da steht ja „Bürstenhalter".

Ein Dschungel, so wird behauptet, mache die Haut jünger und schöner. Ich frage mich gerade, wo sich dieser Dschungel befindet und wie ich jetzt am schnellsten dorthin komme, da sehe ich, dass ein Duschgel gemeint ist.

Danach treffen meine Augen auf ein Angebot für eine Bratpfanne mit Telefonbeschichtung. Ich weiß nicht, was eine Telefonbeschichtung ist und was sie mit einer Bratpfanne zu tun hat, bis ich begreife, dass es sich um eine Teflonbeschichtung handelt.

Auch, dass ein leistungsstarker Beamter angeboten wird, macht mich stutzig, dachte ich doch, dass der Menschenhandel abgeschafft wurde. Beim nochmaligen Lesen sehe ich, dass es um einen Beamer geht.

In Anbetracht des nahenden Weihnachtsfestes wird für echte Nürnberger Eisen-Lebkuchen geworben. Ich weiß zwar, dass diese Dinger ganz schön hart werden können, wenn man sie zu lange lagert, aber aus Eisen bestehen sie doch wohl nicht. Nein, denn ich lese noch einmal und da steht ja auch Elisen-Lebkuchen.

Staunend nehme ich danach zur Kenntnis, dass der Weihnachtsmann dringend Gehhilfen sucht. Klar, denke ich, der ist auch nicht mehr der Jüngste. Dann lese ich noch einmal und siehe da: Der Weihnachtsmann braucht Gehilfen.

Auf der Politik-Seite erfahre ich mit großem Erstaunen, dass das Treffen der Bürogeräte in einer furchtbaren Atmosphäre verlaufen sei. Beim erneuten Lesen finde ich heraus, dass sich Bürgerräte in fruchtbarer Atmosphäre zusammengefunden haben.

Ein beleibter Politiker wird zu meiner Verwunderung als totaler Vergaser bezeichnet, weshalb er mit Wermut zurücktrat, was sich bei genauerem Hinsehen als beliebter Versager darstellt, der mit Wehmut zurücktrat.

Weiter unten verwundert mich die Aussage, dass ein Misterium einen neuen Gesetzentwurf erarbeitet. Ein Misterium ist aber nur meine oberflächliche Wahrnehmung des Geschriebenen. In Wirklichkeit kümmert sich ein Ministerium um das neue Gesetz.

Beim Überfliegen der Seite mit Haushaltstipps erfahre ich, dass man bei Organen vorher die Schale abwaschen soll. Wie soll das denn funktionieren? Ach nein, es geht ja um Orangen.

Auf der Heimatseite, wird mitgeteilt, dass ein Eisbecher die Oder freihält, was mir beim Nachdenken sehr unwahrscheinlich vorkommt. In Wirklichkeit erledigt das ja auch ein Eisbrecher, wie ich gleich darauf herausfinde. Staunend erfahre ich danach, dass bei einem Nachbarüberfall über 100 Gäste ausgeraubt worden sind. Während ich noch darüber nachdenke, welcher Nachbar mehr als 100 Gäste eingeladen hat, bemerke ich, dass da steht, dass eine Nachtbar überfallen wurde. Das erklärt manches.

Auf derselben Seite steht, dass es jetzt bei uns eine neue Slipeinlage für Wassersportler gibt. Warum speziell für Wassersportler, frage ich mich. Da kann doch schon wieder etwas nicht stimmen, denke ich und habe recht. Gebaut worden war nämlich eine Slipanlage.

In der Rubrik Gesundheit staune ich, dass Erdbeben gut für den Orgasmus sind. Bevor meine schmutzige Fantasie mit mir durchgeht, lese ich vorsichtshalber noch einmal mit Bedacht und siehe da, es war ja auch die Rede von Erdbeeren und deren gute Wirkung auf den Organismus.

Auf der Hauswirtschaftsseite sehe ich die Überschrift „Ein schmackhafter Nachttisch". Da ich nie auf die Idee gekommen wäre, Möbel zu essen, lese ich weiter und erkenne, dass es sich um einen Nachtisch handelt.

Dann muss ich zur Kenntnis nehmen, dass die Klinken voll seien mit Menschen, deren Nasa von Algerien angegriffen wurde. Stimmt wieder nicht! Die Nase wird von Allergien angegriffen und dann muss man in die Klinik.

Was mich danach wundert, ist, dass Putin in Lebensmitteln das Leben verkürzen kann. Dass Putin für viele Menschen das Leben verkürzt, wusste ich schon vorher, aber warum taucht der neuerdings sogar in Lebensmitteln auf? Ach, es geht ja auch um Purin.

Danach erfahre ich, dass die Kinder heutzutage zu viel im Internat sind und zu spät ins Beet gehen. Hä? Nochmaliges Lesen gibt Aufschluss: Die Kleinen sind zu viel im Internet und gehen zu spät ins Bett.

Staunend nehme ich zur Kenntnis, dass man als Influenza eine Menge Geld verdienen kann. Seit wann kassieren denn Grippeviren Geld, frage ich mich, denke nach und antworte mir dann selbst, dass es um Influencer geht – wohl eine neue Berufsgruppe.

Dann lese ich, dass Carola immer gefährlicher wird. Ich kenne Carola und hatte eigentlich nie Angst vor ihr, aber wenn das wahr ist, werde ich mich in Zukunft vor ihr in Acht nehmen. Aber zum Glück lese ich noch rechtzeitig, dass Corona gemeint ist.

Im Wirtschaftsteil überrascht mich die Meldung, dass der Autoausstieg nach hinten verschoben wurde. Komisch, warum das denn? Ist das nicht sehr unbequem? Wieder falsch gelesen, denn es geht um den Atomausstieg.

Auch dass der Seelenmangel Frost bei der Autoindustrie verursacht, weil er deren Brisanz uriniert, ist nur ein Ergebnis meines oberflächlichen Lesens. In Wirklichkeit geht es um Selenmangel, welcher Frust bei der Autoindustrie erzeugt, da er deren Bilanz ruiniert.

Dann erfahre ich, dass ein erblicher Magenschwund der Wirtschaft zu schaffen macht. Ich staune, denn erstens wusste ich gar nicht, dass der Magen schwinden kann und zweitens frage ich mich, was der mit der Wirtschaft zu tun hat. Ich kann nur spekulieren, dass vielleicht nicht mehr so viele Lebensmittel gekauft werden, wenn den Leuten der Magen geschwunden ist. Auch wieder alles falsch, denn es geht um den erheblichen Margenschwund, wie ich beim nochmaligen Lesen erfahre.

Über eine Gläubigenversammlung bei einer Bank staune ich, bis ich sehe, dass Gläubiger gemeint sind.

Unter „Sonstiges" lese ich mit Erstaunen, dass die Kirschen auch tückischen Mitbürgern offenstehen. Klar, warum auch nicht, denke ich. Vielleicht vergeht denen beim Verzehr des Obstes ihre Tücke. In Wirklichkeit steht da aber, dass die Kirchen auch türkischen Mitbürgern offenstehen.

Danach wird mir mitgeteilt, dass die beiden großen christlichen Kirchen jetzt ökonomisch zusammenarbeiten. Logisch, die müssen Geld sparen, denke ich, lese aber vorsichtshalber noch einmal, denn ich bin sicher, dass ich wieder falsch gelesen habe und es um Ökumene geht. Diesmal habe ich jedoch richtig gelesen, denn das war ausnahmsweise ein Druckfehler.

Aus dem Ausland wird berichtet, dass ein gewaltiger Konsum in Indien viel Vererben gebracht hatte. Das erscheint mir plausibel. Wer viel konsumiert, hat später viel zu vererben, selbst wenn es nur Trödel ist. Aber ist das nur in Indien so? Ach, es geht ja um einen Monsun in Indien, der viel Verderben gebracht hat.

Die Sportredaktion meldet, dass mein Lieblingsverein eine gewaltige Abtreibung bekommen und damit seine Fans verlängert hat. Der Trainer schreit ein Abschiedsgeruch und bereut jetzt eine andere Mannschaft. Wieder alles so seltsam wie falsch, denn natürlich geht es in Wirklichkeit um eine Abreibung, verärgerte Fans und einen Trainer, der nach einem schriftlichen Abschiedsgesuch jetzt eine andere Mannschaft betreut.

Zum Schluss erfahre ich in der Rubrik „Wetter" zu meiner Verwunderung, dass es heute Nacht zu einer Bevölkerungszunahme kommen wird. Ich frage mich, woher die das wissen wollen? Ebenfalls verwundert mich die Meldung, dass irgendwelche Froschenden evakuiert hätten, dass es eine tägliche komische Strahlung gibt. Nochmal gelesen, wird es klarer. Es kommt zu Bewölkungszunahme und die Strahlung ist kosmisch und kann tödlich sein, wie es Forschende evaluiert haben.

Ich lege die Zeitung aus der Hand. Jetzt muss ich mich endlich um die Heizung im Keller kümmern. Der Installateur hat mir mitgeteilt, dass ich eine neue Umweltpumpe besorgen muss. Keine Ahnung, wo es die gibt. Vielleicht finde ich eine, wenn ich nachher mit meiner Frau in die Stadt fahre. Sie will ein Bockspringbett kaufen. Ich bin gespannt, was sie damit vorhat.

> „Bitte schau nur durch die neue Brille,
> wenn etwas Wichtiges zu sehen ist",
> sagte meine sparsame Mutter immer.

Fußball (2012)

Also für mich ist Fußball die schönste Hauptsache der Welt. Seitdem ich damals bei Alemania 99 als Mittelstürmer der Knabenmannschaft angefangen habe, hat mich diese Sportart nicht mehr losgelassen.

Ich kann das nächste Spiel kaum erwarten. Schon lange vor dem Wettkampf ziehe ich mir meine Spielerkleidung an. Bei einem Länderspiel singe ich aus voller Brust die Nationalhymne mit und wenn dann der Schiedsrichter anpfeift, geht ein Ruck durch meinen Körper. Ich vergesse alles und werde zu einer ausgesprochenen Kampfmaschine. Da kann meine Frau machen, was sie will. Gegen meine Leidenschaft für Fußball hat sie keine Chance. Fußball geht bei mir immer vor.

Es macht mir überhaupt nichts aus, wenn die Spieler der gegnerischen Mannschaft reihenweise zu Boden gehen. Ihr Problem! Wenn sie das nicht vertragen, sollten sie nicht Fußball spielen, sondern Schach. Da können sie schlimmstenfalls vom Stuhl fallen, wenn sie vor Langeweile einschlafen.

Schiedsrichter, die kleinlich jedes unserer Fouls ahnden, gehen mir tierisch auf die Ketten. Wie soll denn da ein Spielfluss zustande kommen, wenn der sogenannte Unparteiische ständig pfeift und für die anderen großzügig Freistöße und Elfmeter verteilt. Der Kerl ist doch total gegen uns eingestellt!

Auch eine Gelbe Karte hat mich noch nie gestört, solange niemand von uns vom Platz gestellt wird.

Wenn aber doch einer unserer Spieler die Rote Karte bekommt, dann mache ich richtig Terror. Ich brülle herum und niemand kann mich mehr beruhigen.

Da ich bei jedem Spiel alles gebe, bin ich nach 45 Minuten immer total atemlos, furchtbar erschöpft und völlig durchgeschwitzt. Ich sehne nur noch die Halbzeitpause herbei. Diese Viertelstunde brauche ich dringend zur Erholung. Außerdem muss ich auf die Toilette.

Wenn das erledigt ist, gehe ich in die Küche und hole mir neues Bier, Zigaretten und Kartoffelchips für die zweite Halbzeit. Dann setze ich mich wieder vor den Fernseher.

Übrigens haben auch ganz Starke menschliche Schwächen.

Versichert – gesichert (1990)

Die Feierlichkeiten der Wiedervereinigung waren gerade abgeklungen, da läutete es eines Tages an unserer Wohnungstür. Als ich öffnete, stand ich einem gut gekleideten Herrn mit Diplomatenkoffer gegenüber, der sich als Versicherungsvertreter vorstellte. Ich hoffte ihn damit loszuwerden, dass ich sagte: „Wir sind nicht versichert." Leider lag ich damit völlig falsch, denn er antwortete, dass wir genau darüber sprechen müssten und ich beging den folgenschweren Fehler, ihn in die Wohnung zu lassen.

Kaum saß er auf dem Sessel im Wohnzimmer, musterte er meine billige Anbauwand sowie die Couchgarnitur aus DDR-Produktion.: „Was denn, das ist alles nicht versichert?", fragte er erschüttert. „Das wird ja ein unermesslicher Schaden für Sie, wenn es hier einmal brennt oder wenn bei Ihnen eingebrochen wird."

So gesehen, hatte er natürlich recht. Wir lebten schließlich nicht mehr in einem Land, in dem es angeblich keine Kriminalität gegeben hatte und Brände brachen neuerdings ständig aus. Es konnte also tatsächlich nichts schaden, wenn ich eine Hausratversicherung für all das abschloss. Dass unsere alten Möbel aus Pressspan und Sprelacart aber 100 000 DM wert waren, hatte ich allerdings nicht geahnt. Entsprechend hoch fiel natürlich der jährliche Versicherungsbeitrag aus. Ich unterschrieb dennoch.

Ich dachte, wir seien jetzt fertig und wollte den Herrn zur Tür bringen, aber da fragte er ganz nebenbei, ob ich mir denn auch schon ein Westauto gekauft habe. Stolz verkündete ich, dass ich mir einen gebrauchten VW Golf angeschafft habe. Wieder erschrak mein Gegenüber sichtlich und fragte mit brüchiger Stimme:

„Sie haben doch hoffentlich eine gute Kaskoversicherung abgeschlossen?" Ich ahnte, worauf die Frage abzielte und antwortete stolz: „Die brauche ich nicht, denn ich bin ein sicherer Fahrer." Auf derartige Argumente war er offensichtlich vorbereitet, denn er parierte wie aus der Pistole geschossen.

„Was nützt es, wenn Sie ein sicherer Fahrer sind? Vielleicht fällt irgendwann einmal ein Ziegelstein auf Ihr Auto oder ein böswilliger Zeitgenosse bearbeitet den Lack Ihres Autos mit einem Schraubenzieher. Dagegen wären Sie mit Kasko abgesichert."

Erschrocken rannte ich zum Fenster, um zu sehen, ob mein Schmuckstück auf der Straße unbeschädigt war. Als ich erleichtert feststellte, dass alles in Ordnung war, schloss ich vor Glück gleich eine teure Kaskoversicherung ab. Das war ja gerade noch mal gutgegangen!

Nun erhob sich der Versicherungsvertreter erneut, aber bevor ich ihn zur Tür begleiten konnte, legte er schon wieder sein Gesicht in Sorgenfalten, sah mir tief in die Augen und sprach mit Grabesstimme zu mir: „Ich möchte ja nicht mit dem Sargdeckel winken, aber wie sieht es denn eigentlich mit einer Lebensversicherung bei Ihnen und Ihrer Gattin aus?"

Während ich schuldbewusst den Kopf schüttelte, griff ich mir unwillkürlich ans Herz. Mit belegter Stimme sagte ich: „Das können wir vielleicht beim nächsten Mal besprechen." Er jedoch wollte nichts riskieren und so ermahnte er mich.

„Wissen wir denn, ob wir uns noch einmal so gesund und munter wiedersehen werden? Wenn einem von uns etwas zustößt, müssten Ihre Angehörigen außer der Trauer auch noch materielle Not erleiden. Das können Sie doch nicht wollen, denn dazu sind Sie ein viel zu guter Mensch."

Da hatte er auch wieder recht. Also setzten wir uns noch einmal an den Couchtisch, um auch eine Lebensversicherung vorerst nur für mich abzuschließen. Er versprach mir aber, wiederzukommen, wenn meine Frau anwesend sein würde, um auch sie nicht unversichert zu lassen. Ich drückte ihm dafür dankbar die Hand.

Bei diesen Verträgen blieb es jedoch nicht, denn im Laufe des Nachmittags schloss ich noch einige Versicherungen ab, von deren Existenz ich vorher noch nie etwas gehört hatte. Als der Herr im feinen Zwirn endlich aufstand, um zu gehen, dankte ich ihm zutiefst ergriffen, denn zum ersten Mal in meinem Leben fühlte ich mich rundum vor den Unbilden des Schicksals geschützt.

Meinetwegen konnte es jetzt brennen, ich konnte krank werden, ja sogar den Tod fürchtete ich nicht mehr. Allerdings hätte ich in diesem Fall einem fremdverschuldeten Autounfall mit Totalschaden und verletztem Beifahrer den Vorzug geben. Auch hätte ich nichts dagegen gehabt, wenn der Blitz in mein Wochenendhaus eingeschlagen hätte, mein Sportboot gesunken wäre und meine fünfjährigen Drillinge geheiratet hätten.

Zum Glück für die Versicherung ist nichts von alledem passiert. Vielmehr haben unsere eigenen Kinder unsere Datsche abgefackelt, dann musste ich das schöne Westauto in die Werkstatt bringen, weil dessen Motor und Getriebe hinüber waren. Meine Frau verschmorte mit dem Bügeleisen das Jackett meines guten Anzugs, mir wurde im Gedränge die Brieftasche gestohlen und die Firma, in der ich seit 30 Jahren arbeitete, wurde von der Treuhand abgewickelt.

Dies alles sind Schäden, die leider nicht versichert seien, sagte mir mein freundlicher Versicherungsvertreter.

Genauso wenig habe ich eine Versicherung für den jetzt eingetretenen Schadensfall, der darin besteht, dass wir nun absolut pleite sind.

Im Leben geht es auf wie nieder

und immer sagt man sich: „Nie wieder!"

Fernsehen mit Hindernissen (2000)

Wie immer läuft der Fernseher, während ich Abendbrot esse, denn andernfalls würde ich keinen Bissen herunterbekommen.

Während ich mir eine Scheibe Brot mit Salami belege, sehe ich Winnetou durch die Prärie reiten. Er weiß offenbar nicht, dass hinter einem Gebüsch zwei Bösewichte lauern und mit ihren Gewehren auf ihn zielen. Als der Häuptling dicht an sie herangekommen ist, knallen plötzlich zwei Schüsse so laut, dass mir fast das Bierglas aus der Hand fällt.

Nachdem ich mich von dem Schreck erholt habe, sehe ich auf dem Bildschirm, wie ein Elfmeter genau ins linke obere Eck geht. Ich bin noch dabei, das Tor zu bejubeln, da gießt ein Herr im weißen Kittel mehrere Flüssigkeiten in ein Reagenzglas und schüttelt das Ganze kräftig.

Die nun folgende Explosion rührt aber nicht von dem Chemieexperiment her, sondern von einem Gewitter, das gerade tobt und Elefanten, Löwen und Tiger in panische Angst versetzt. Der Bildschirm erstrahlt in den grellsten Farben, als der nächste Blitz zuckt und ich presse mir vorsichtshalber eine Scheibe Schinken gegen die Augen, um nicht geblendet zu werden.

Plötzlich höre ich sanfte Klänge. Wie ich sehe, nachdem ich meinen Augenschutz auf die Stulle gelegt habe und wieder freie Sicht auf den Bildschirm besteht, singen Mädchen im Chor, was ich sehr genieße.

Leider ist diese Freude nicht von langer Dauer, denn jetzt wird der Bildschirm dunkel. Schemenhaft erkenne ich zwei Höhlenforscher, denen wohl die Grubenlampe ausgegangen ist. Der eine sagt: „Hello, my name is Jack." Daraufhin antwortet der andere: „Nice to meet you, Jack. My name is Mike. What can I do for you?" Als etwas Licht auf die Szene fällt, erkenne ich, dass es sich nicht um Höhlenforscher handelt, sondern um zwei englische Gentlemen in einer nebligen Nacht in London.

Neugierig geworden, was der eine Engländer für den anderen tun kann, werde ich übergangslos wieder Zuschauer eines Fußballspiels. Ich habe keine Ahnung, wer da spielt, freue mich aber über ein spannendes Match. Der Ball kommt vor das Tor und zwei Spieler wollen ihn gleichzeitig erreichen – der eine mit dem Kopf, der andere mit dem Fuß. Letzterer wird mit gebrochenem Bein vom Platz getragen, während der andere mit seinem noch intakten Auge die gelbe Karte sieht.

Ich bin gespannt, wie das Spiel weitergeht, aber da taucht plötzlich ein Chirurg, zu erkennen an der typischen Berufskleidung, am Bildschirm auf. Der Arzt macht einen langen Schnitt, öffnet den Brustkorb des Patienten und nimmt das Herz heraus. Alles sieht furchtbar blutig aus, sodass ich spontan die Nahrungsaufnahme einstelle, weil mir das Essen im Hals steckenbleibt. Ich halte mir wieder die Augen zu und muss Oma recht geben, die immer sagt: „Die modernen Filme sind nicht schön. Die haben überhaupt keine Handlung, zeigen aber dafür jede Menge Schweinkram."

Endlich kommt meine Frau aus der Küche, geht zum Laufgitter und nimmt unserer Tochter die Fernbedienung weg, mit der diese die ganze Zeit gespielt hatte.

Und was war sonst noch so?

Fast Forward (2024)

Beim sogenannten linearen Fernsehen gibt es oft Szenen, die ich nicht sehen möchte, wie zum Beispiel Operationen am offenen Herzen und Interviews mit extremen Politikern, denn in beiden Fällen wird mir schlecht. Deshalb sehe ich mir neuerdings Beiträge, wenn möglich, lieber in der Mediathek an. Da kann ich mithilfe der Taste **ff**, – also flott fertig, wie meine alte Tante sie nannte – auf der Fernbedienung schnell über diese kritischen Stellen hinweggehen.

Dieses Vorgehen erinnerte mich an das in meiner Kindheit über unserem Küchentisch hängende weiße Leinentuch mit dem handgestickten Spruch

Mach es wie die Sonnenuhr,

zähl die heit'ren Stunden nur!

Immer öfter denke ich darüber nach, wie es wäre, wenn ich im richtigen Leben eine Taste für fast forward oder gar skip gehabt hätte. Blicke ich heute auf mein Leben zurück, so muss ich sagen, dass es so einige Phasen gab, bei denen ein schneller Vorlauf oder sogar ein Überspringen äußerst dienlich gewesen wäre.

Die Kleinkinderzeit war ja noch ganz okay, denn ich kann mich nur an wenig Negatives erinnern, wenn ich von den paar Backpfeifen absehe, die ich bekam. Aber dann wurde ich eingeschult und die Schulzeit hätte ich am liebsten ganz übersprungen. Es war ja nicht so, dass ich nicht gerne lernte, aber die Rabauken unter meinen Mitschülern, das Boden- und Geräteturnen sowie die Lehrer mit den diversen sadistischen Neigungen machten mir den morgendlichen Gang zur Schule zum Horrortrip. Also hätte ich die 10 Jahre nur zu gerne auf wenige Sekunden reduziert.

Danach kam die Berufsausbildung, die sich auch nicht sehr positiv in mein Gedächtnis eingegraben hat. Ich musste morgens um 4 Uhr aufstehen, mich in die übervolle S-Bahn quetschen, um dann schwere, sinnlose Arbeiten zu verrichten. Das beste Beispiel war das Feilen eines Würfels mit 10 mm Kantenlänge aus einem gefühlt tonnenschweren Eisenbarren, um dann von meinem unterbelichteten Lehrmeister wegen der falschen Kantenlängen und der unrechten Winkel meines Würfels angeschnauzt zu werden. Im Klartext heißt das, dass ich auch diese zwei Jahre lieber im Schnelldurchlauf absolviert hätte.

Das Studium war eigentlich überwiegend interessant, sodass kein Zeitraffer angebracht gewesen wäre. Die Mathematik- und Physikvorlesungen hätten meinetwegen sogar länger und öfter sein können. Was ich allerdings mit Freuden übersprungen hätte, waren die endlosen Marxismus-Leninismus-Vorlesungen und -Seminare mit den klassenbewussten Dozenten, die keine abweichende Meinung duldeten. Auch die zahlreichen Ernte- und Arbeitseinsätze sowie die Wink- und Demonstrationseinlagen anlässlich hoher Staatsbesuche und Feiertage waren durchaus unnütze Verzögerungen. Ich schätze, dass das Studium ohne dieses Beiwerk mindestens ein Jahr kürzer gewesen wäre. Also hätte ich auch während des Studiums von Zeit zu Zeit fast forward gedrückt.

Über die 18 Monate Volksarmee brauche ich wohl nicht zu sprechen. Ich glaube, nur die wenigsten jungen Männer haben diese Zeit genossen. Für die meisten war es — vorsichtig ausgedrückt — verlorene Zeit. Also schnell durch! Am besten sofort zum Ende gesprungen.

Die Zeit danach war ambivalent. Die stressige Arbeit, die nervigen Kollegen und die unfähigen Chefs wären Gründe gewesen, den Finger gar nicht mehr vom schnellen Vorlauf wegzunehmen. Dafür vergingen die Wochenenden und Urlaube viel zu schnell. Da hätte ich gerne auf Zeitlupe umgeschaltet, wenn nicht sogar die Pause-Taste gedrückt, gemäß dem Faust-Zitat

Zum Augenblicke dürft' ich sagen:

„Verweile doch, du bist so schön".

Am liebsten hätte ich auch Krankheiten übersprungen, denn wer mag schon Schmerzen, Fieber, Bettruhe und Spritzen. Am schlimmsten war die sogenannte Immobilitätstherapie im Krankenhaus, bei der ich acht Wochen absolut stillliegen musste. Allein schon die tägliche Visite war der Horror. Begleitet vom Feixen der 7 Mitpatienten in meinem Zimmer schlug mir der Oberarzt mit seinem Hartgummihammer nacheinander auf jeden meiner 33 Wirbel, nachdem er mich freundlich gebeten hatte, ihm Bescheid zu geben, wenn ich mehr als den Schmerz spüren würde. Ich spürte bald gar nichts mehr und wurde deshalb als geheilt entlassen.

Wie mir meine Orthopädin kürzlich mitteilte, halte sie eine solche Therapie nicht nur für sinnlos, sondern sogar für Folter. Diese acht Wochen wären also ein klarer Fall für schnellen Vorlauf gewesen.

Und jetzt mal Hand aufs Herz! Wer von uns hätte die Zeit der Pandemie mit ihren Beschränkungen und Ängsten nicht auch gerne im Nullkommanichts hinter sich gebracht? So etwas braucht doch kein Mensch!

Kaum hatte aber Corona ihren Schrecken verloren, da spielte der Kremlchef mit dem Feuer und brach einen Krieg vom Zaun. Wenn ich allerdings jetzt versuchen würde, schnell ans Ende des Krieges zu springen, schösse ich vermutlich ein Eigentor, denn zum gegenwärtigen Zeitpunkt ist noch kein Ende des Wahnsinns in Sicht. Vielleicht lebe ich ja gar nicht mehr, wenn endlich wieder Frieden herrscht und dann hätte ich mich mit dem schnellen Vorlauf möglicherweise selbst ins Jenseits befördert.

Fast hätte ich den Schlaf vergessen. Der scheint mir wirklich die größte Zeitverschwendung der Menschheit zu sein, weshalb ich ihn schon eigenständig auf ein Minimum reduziert habe. Trotzdem sind auch die paar Stunden, die ich mir gewöhnlich zubillige, zu viel und könnten mithilfe von skip auf null reduziert werden.

Wenn ich mir das Ganze abschließend jedoch in Ruhe überlege, habe ich eine Ahnung, was aus mir geworden wäre, wenn ich Omas Kalenderspruch befolgt oder eine Zeitmaschine benutzt hätte:

Ein unreifer, unerfahrener und vor allem sehr unausgeschlafener alter Mann.

Leute, die immer sagen „Nach mir die Sintflut!" drängeln sich dann als Erste auf die Arche Noah.

Ein Sonnabend im August (1961)

Das Frühstück dauerte wieder ewig, aber jetzt ist Mutti endlich fertig. Wie an jedem Sonnabend haben wir auch heute noch viel vor.

Meine Mutter steckt eine größere Menge Ostgeld ein, mir gibt sie unseren Westgeldvorrat. Sie hofft immer, dass ein Kind unverdächtiger sei.

Wir gehen zum S-Bahnhof Schönhauser Allee und kaufen zweimal Hin- und Rückfahrt für 40 Pfennig Ost das Stück. Das erspart uns den Kauf von Rückfahrkarten für Westgeld.

Dann gehen wir die Treppe zum Bahnsteig herunter. Auf dem Treppenabsatz orten wir die erste Gefahrenstelle in Form einer Zöllnerin. Zum Glück ist diese gerade mit einem Betrunkenen beschäftigt, der sie lautstark beschimpft. Als der Trunkenbold dann auch noch „Flintenweib!" schreit, kommen zwei Transportpolizisten und führen ihn ab. Wir sind durch diesen Zwischenfall erst einmal auf den Bahnsteig gelangt, ohne behelligt zu werden. Leider ist aber damit die Gefahr noch lange nicht vorbei, denn der Bahnsteig wimmelt nur so von Uniformierten. Bevor der Zug einfährt, mustern die getreuen Staatsdiener schon das Publikum. Wer mit großen Taschen in den Westen will, erregt den Verdacht entweder schmuggeln oder flüchten zu wollen, was beides nicht im Sinne der Regierung ist.

Als schon fast niemand mehr auf den Bahnsteig passt, fährt endlich der Zug in Richtung Gesundbrunnen ein. Aus dem Lautsprecher ertönt die Ansage „Vollring über Westkreuz. Letzter Bahnhof im demokratischen Sektor!" Ich habe schon vor Jahren aufgegeben, darüber nachzudenken, warum ausgerechnet Ost-Berlin der demokratische Sektor sein soll.

Der Zug ist gerammelt voll, die Türen werden von außen geöffnet, denn niemand will aussteigen. Also hilft nur Drängeln. Die Herrschaften mit den dicken Gepäckstücken werden von Uniformierten zum Ende des Bahnsteigs geführt, wo sie in einem Holzhäuschen gefilzt werden. Sie nehmen uns in diesem Zug also keinen Platz weg. Aber es reicht auch so. Irgendein Witzbold ruft: „Macht doch mal die jejenüberliejenden Türen uff, denn wird wieder Platz!" Kaum jemand lacht über diesen abgedroschenen Witz. Alle warten nervös auf die Abfahrt des Zuges. Wohl niemand hat ein reines Gewissen und kann richtig frei durchatmen, was nicht nur an der total überfüllten S-Bahn liegt.

Die Zöllner werfen noch einen letzten prüfenden Blick auf uns, dann schließen sich die Türen automatisch und der Zug setzt sich in Bewegung. Wir verlassen den Bahnhof. Nun müssen wir nur noch die letzte Hürde nehmen, die aus einem Holzbahnsteig auf der sonst freien Strecke besteht. Der sieht verdammt nach Kontrolle aus. Man hat zwar hier noch nie einen Zug halten gesehen, aber wir könnten ja die Ersten sein. Der Zug fährt jedoch auch jetzt weiter und uns wird etwas wohler. Wir fahren unter der Millionenbrücke hindurch und erreichen den Bahnhof Gesundbrunnen. Damit haben wir es mal wieder geschafft, wir sind im Westen.

Fast alle Fahrgäste steigen hier aus, und eine große Masse Mensch wälzt sich die Treppe vom Bahnsteig empor. Von der Werbung an den Stufen für verschiedene Schuhgeschäfte ist in diesen Minuten absolut nichts zu sehen. Aber wir wissen auch so, wo wir hinwollen.

Als wir endlich den Bahnhofsvorplatz erreichen, empfängt uns buntes Treiben. Ein Bananenhändler verkauft von seinem dreirädrigen Tempowagen herunter seine gebogenen Früchte. Ich höre ständig: „Fünfe für `ne Mark, sechse für `ne Mark und weil du so schlecht aussiehst sieme für `ne Mark und eene zum Kosten!" Überall stehen illegale Geldwechsler, die ihre Dienste anbieten, aber meine Mutter geht zielstrebig auf eine amtliche Wechselstube zu. Sie tauscht 100 Mark Ost gegen 21,34 DM. Das sollte zusammen mit dem Westgeld, das ich in meiner Hosentasche geschmuggelt habe, reichen, um ein Paar neue Schuhe für mich zu kaufen. Die sind zwar für uns furchtbar teuer, aber die Igelit-Schuhe, die im Osten angeboten werden, vertrage ich einfach nicht.

Also begeben wir uns in ein Schuhgeschäft in der Badstraße. Ich probiere ein Paar Schuhe an und behaupte, dass sie mir gut passen. Die Verkäuferin geht mit mir zu einem Röntgenapparat, in dem man die Fußknochen sehen kann und so wird offenbar, dass mir die Schuhe wohl doch besser gefallen als passen, denn ich kann keinen Zeh ausstrecken, so eng sind die Schuhe. Aber wir sind ja im Westen, und da gibt es diese Schuhe auch noch eine Nummer größer. Meine Mutter bezahlt, und ich behalte die neuen Schuhe gleich an. Die alten lassen wir uns einpacken.

Da sogar etwas Westgeld übriggeblieben ist, gehen wir noch Kaffee für meine Eltern und ein Micky-Maus-Heft für mich kaufen.

Dann schlendern wir die Badstraße rauf und runter. Insbesondere interessiert sich meine Mutter für die Kinos. Manchmal geht sie mit Vati abends ins Kino. Als wir schon fast am Bahnhof Gesundbrunnen angekommen sind, findet sie im Corso einen Film, der ihr zusagt und bei dem man die Kinokarten 1:1 mit Ostgeld bezahlen kann. Sie kauft zwei Karten für Sonntagabend, dann gehen wir zum Bahnhof zurück.

Dort preist der Bananenverkäufer inzwischen noch lauter seine verderbliche Ware an. Er ruft jetzt: „Zehne für ne Mark, elwe für ne Mark!" Wir drängeln uns in die erste Reihe. Prompt ruft er: „Komm her Kleener, du bist doch aus'n Osten, du krist eene zum Kosten."

Meine Mutter kauft eine Riesenstaude für 5 Ostmark, dann gehen wir wieder zum Bahnhof. Zurück ist der Zug nicht ganz so voll. Die Fahrgäste bereiten sich in der einen oder anderen Weise auf die Grenzkontrolle vor. Es wird umgepackt und versteckt. Eine Frau versucht zur Freude der Männer eine Westzeitung in ihrem Ausschnitt zu verbergen.

Wir fahren in den Bahnhof Schönhauser Allee ein und werden schon von den Zöllnern empfangen. Diesmal kommen wir nicht so glimpflich davon. Der Schuhkarton und das große Netz mit Bananen wecken behördlichen Verdacht. Meine Mutter wird angehalten und kontrolliert. Ich gehe weiter, als wenn mich das alles nichts angeht. Das ist unsere ausgemachte Strategie für solche Fälle. Ich warte vor dem Bahnhof bis sie endlich erscheint. Den Karton mit den alten Schuhen hat sie noch, die Bananen und den Kaffee haben sie ihr abgenommen.

Bloß gut, dass ich mein Micky-Maus-Heft selbst getragen habe. Das wäre ein schwerer Schlag für mich gewesen! Meine Mutter ist natürlich traurig über den Verlust, aber wenigstens haben sie die Kinokarten nicht gefunden. Leise sagt sie: „Ach, wann wird diese verfluchte Grenze endlich verschwinden?"

Es ist Sonnabend, der 12. August 1961.

Hatte da nicht irgendein spitzbärtiger Herr gesagt:

„Niemand hat die Absicht eine Mauer zu errichten!"?

In der Buchhandlung (2024)

Kunde: Guten Tag!

Verkäufer: Guten Tag, was kann ich für Sie tun?

Kunde: Sie werden entschuldigen, aber ich suche ein Buch.

Verkäufer: Natürlich entschuldige ich das, denn damit unterscheiden Sie sich nicht von den meisten unserer Kunden. Welches Buch suchen Sie denn?

Kunde: Ja, also meine Frau und ich, wir haben da gewisse Schwierigkeiten …

Verkäufer: Dann weiß ich schon, was sie suchen und habe genau das Richtige für Sie. Schauen Sie sich mal das Buch „Mann und Frau intim" an, da werden alle Ihre Probleme beschrieben und Lösungen angeboten.

Kunde: Zeigen Sie mal her. Nein, das sind nicht unsere Probleme. Wir haben schließlich schon fünf Kinder.

Verkäufer: Oh Pardon! Dann ist das wirklich nicht das richtige Buch für Sie. Sie brauchen ein Buch über Familienplanung.

Kunde: Nein, Sie verstehen mich immer noch nicht! Die Kinder stellen doch bestimmte Fragen, auf die wir als Eltern meistens keine Antwort haben und da dachte ich, ein Buch könnte uns da weiterhelfen.

Verkäufer: Ja natürlich kann Ihnen das helfen. Das Buch „Wie sag' ich's meinem Kind" ist genau das, was Sie suchen.

Kunde: Darf ich mal sehen? Nein, das ist immer noch nicht das Richtige. Wissen Sie, die Kinder benutzen doch heute so eigenartige Wörter, die es zu unserer Zeit überhaupt noch nicht gab.

Verkäufer: Dann kann ich Ihnen das „Wörterbuch der Sexuologie" empfehlen.

Kunde: Zeigen Sie mal her. Nein, hier steht auch nichts von dem drin, was ich suche.

Verkäufer: Welche Wörter suchen Sie denn?

Kunde: Na zum Beispiel Eskalation, Digitalisierung und Gentrifizierung.

Bis heute weiß ich nicht, wie ein Rump aussieht. Lebt es in Afrika oder woanders? Hat es zwei, vier oder noch mehr Beine? Auch verstehe ich nicht, dass man zum Beispiel vom Schwein den Bauch, den Kamm und sogar die Ohren verzehrt, während man vom Rump offenbar alles wegwirft und nur das Steak isst.

Abschied

Machs gut, mein Kleiner! Wir hatten eine schöne Zeit miteinander. Wenn ich daran denke, was ich mit dir alles erlebt habe, wird es mir ganz wehmütig ums Herz.

Ich hoffe, du nimmst es mir nicht übel, dass ich dich jetzt so sang- und klanglos mit einer anderen wegfahren lasse, aber der Neue ist nicht nur schöner und größer, sondern auch mehr als zwanzig Jahre jünger als du.

Wenn du ganz ehrlich bist, musst du zugeben, dass ich in letzter Zeit viele Probleme mit dir hatte. Mehr als einmal hast du mich im Stich gelassen, als ich dich am meisten brauchte.

Jetzt sehne ich mich nach einem bisschen Ruhe und mehr Beinfreiheit, zumal ich auch nicht mehr so jung bin.

Drum leb nun wohl, mein alter Nissan Micra! Ich fahre ab sofort einen nagelneuen 5er BMW.

„Beim Trabi", sagte ein Kollege, „konnte man alles alleine reparieren."
„Das musste man aber auch", antwortete ich aus leidvoller Erfahrung.

Gesund leben

„Und ich dachte immer, Engel hätten Flügel", stammele ich verwirrt, als ich zu mir komme und ein blondes, wunderschönes weibliches Wesen sehe, das sich über mich beugt. Doch schnell erkenne ich meinen Irrtum, denn der vermeintliche Engel entpuppt sich als Ärztin und ich scheine im Krankenhaus zu liegen.

„Das haben wir gerne!", ruft sie gespielt entrüstet aus. „Eben von den Toten auferstanden und gleich wieder flirten." Ich bin verwirrt und will wissen, was mit mir los ist, weshalb ich frage: „Bin ich denn krank?" „Das kann man wohl sagen", lautet die Antwort. „Sie haben einen Herzinfarkt erlitten."

Ich bin empört. Diese Ärztin ist zwar sehr schön, aber viel Ahnung von Medizin scheint sie nicht zu haben. Deshalb lasse ich meinem Unmut freien Lauf, soweit ich dazu in der Lage bin.
„Da haben Sie sich aber total geirrt! Ich kann nie und nimmer einen Herzinfarkt bekommen haben?"

Die Antwort der Medizinerin auf meine Frage kommt wie aus der Pistole geschossen.
„Die Hauptrisikofaktoren sind Rauchen, Alkohol, zu gutes Essen und Bewegungsmangel. Nun dürfen Sie sich aussuchen, welche davon auf Sie zutreffen."

Das lasse ich nicht auf mir sitzen und kontere sofort.
„Ich bin leidenschaftlicher Nichtraucher, trinke nur Wasser und höchstens mal einen Fruchtsaft, bin aktiver Fußballer und wenn Sie mich gründlich untersucht hätten, so wäre Ihnen aufgefallen, dass ich gertenschlank bin." Zur Bekräftigung meiner Aussage lüfte ich die Bettdecke, damit die Ärztin mein Sixpack sehen kann.

„Wovon also sollte ich wohl einen Herzinfarkt bekommen haben?", frage ich provokativ.

Nun ist die Medizinerin tatsächlich etwas ratlos und ersetzt die fällige Antwort durch autoritäres Verhalten, indem sie anordnet: „Wie dem auch sei, Sie sind jedenfalls krank und bleiben vorläufig hier!" Ich protestiere lautstark: „Das können Sie doch mit mir nicht machen! Erstens bin ich kerngesund und zweitens sollten Sie sich mal meinen Terminkalender ansehen. Heute Abend bin ich auf einem Wohltätigkeitsball, morgen muss ich um 7 Uhr in der Firma sein, um die Versammlung der Führungskräfte zu leiten. Um 10 Uhr geht mein Flieger nach München, wo ich einen Vortrag vor der Handwerkskammer halten werde. Am Abend werde ich vom Fernsehen interviewt und muss meine Vorlesung vorbereiten, die ich am nächsten Tag an der Uni Köln halten werde. Nach der Lehrveranstaltung muss ich schleunigst wieder nach Berlin fliegen, denn ich habe einen Termin beim Gericht, weil meine Frau sich aus unerfindlichen Gründen von mir scheiden lassen will."

„Wenn du so weiterfrisst, wirst du bald zwei Zentner wiegen", prophezeite mir ein Kumpel vor einem Jahr. Wie wenig Ahnung der Kerl hat, sieht man daran, dass ich bei unveränderten Essgewohnheiten nicht ein Gramm von meinen 110 Kilogramm abgenommen habe, sondern sogar noch dicker geworden bin.

Einkaufskultur in der DDR (1980)

Ich komme von der Nachtschicht und habe einen Bärenhunger, weiß aber, dass mein heimischer Kühlschrank leer ist. Da kommt mir die kürzlich vom stellvertretenden SED-Kreisleiter eingeweihte Konsum-Kaufhalle in unserem Wohngebiet gerade recht, um mich mit Waren des täglichen Bedarfs einzudecken. So wie ich, scheinen auch viele andere, vor allem ältere Menschen zu denken, denn sie stehen vor mir in der Schlange.

Bereits nach 10 Minuten bin ich glücklicher Besitzer eines Einkaufswagens. Als ich in der Halle bin, wird mir klar, warum der Andrang so groß ist. Heute ist Donnerstag und da gibt es die neueste Ausgabe der *Wochenpost*. Alle Rentner stürzen sich auf den Zeitungsständer und entnehmen ihm so viele Zeitungen, wie sie zu fassen kriegen. In einer stillen Ecke sichten sie dann ihre Beute, um anständigerweise die nicht benötigten Exemplare wieder zurückzulegen.

Eine halbe Stunde nach Betreten der Halle habe ich alles beisammen, was mir der sozialistische Handel bietet, um meinen Hunger zu stillen und ich stelle mich an eine lange Schlange, an deren Ende ich die Kasse vermute.

Nach einer Stunde bin ich so weit vorangekommen, dass ich die Kasse sogar schon sehen kann.

Wie ich jetzt erkenne, liegt es wirklich nicht an der Kassiererin, dass es so lange dauert, denn sie gibt ihr Bestes. Vielmehr ist es die Tücke des Objekts, dass sie nicht schneller kassieren kann. Jetzt zum Beispiel kann sie den Preis auf einer Stecknadel nicht entziffern. Als auch die Konsultation mit ihren Kolleginnen nichts bringt, geht sie ins Büro, um sich telefonisch beim Konsum-Vorstand zu informieren. Nach einer Weile kommt sie mit traurigem Gesichtsausdruck zurück. Der Vorstand scheint ihr wohl nicht geholfen zu haben. Deshalb geht die Kassiererin mit der Stecknadel dahin, wo die Kundin diese nach eigener Aussage hergeholt hat, kann aber auch dort keinen Preis sehen. Somit bleibt die Stecknadel im Laden und die Kundin geht enttäuscht nach Hause.

Nun will die Verkäuferin beim nächsten Kunden ihre Arbeit fortsetzen, muss aber bereits bei dem ersten eingetippten Preis feststellen, dass die Papierrolle ihrer Kasse alle ist. So verlässt sie erneut ihren Arbeitsplatz, um zum Verkaufsstellenleiter zu gehen, damit dieser ihr eine neue Rolle aushändigt.

Auch dieses Mal kommt sie unverrichteter Dinge aus dem Büro, denn auch dort war keine Rolle mehr vorhanden. Also wird die zweite Verkäuferin ins Zentrallager geschickt, um das benötigte Utensil zu besorgen.

Ich frage mich, warum nicht einfach an der zweiten Kasse weiter kassiert wird, wage es aber nicht, meine Gedanken laut zu äußern, denn es besteht die Gefahr, dass ich dann gar nicht mehr bedient werde.

Wegen der Dringlichkeit der Angelegenheit kehrt die ausgesandte Kollegin bereits nach einer Stunde mit einer neuen Papierrolle zurück und kann das Problem innerhalb von 10 weiteren Minuten beheben.

Endlich geht es weiter. Das ist auch unbedingt nötig, denn mein Magen knurrt inzwischen so laut, dass die Marmeladengläser im Regal neben mir zu klirren beginnen.

Wenn ich gedacht hatte, dass ich jetzt bald an der Reihe sei, so hatte ich mich gründlich geirrt, denn nun ist es für die Beschäftigten der Kaufhalle an der Zeit, ihre wohlverdiente Frühstückspause anzutreten. Dazu ziehen sie sich gemeinsam in ihren schönen neuen Pausenraum zurück und lassen uns Kunden einfach stehen.

Wenn sie wenigstens den Schlüssel für die Kasse dagelassen hätten, dann könnten wir uns selbst abkassieren, aber so geht das leider nicht.

Jetzt begreife ich plötzlich den Sinn des Spruchs „Ehrlich währt am längsten", denn etwa die Hälfte der Kunden verlassen spontan die Kaufhalle mit ihrer Ware, ohne sie zu bezahlen.

Immerhin hat das für mich den Vorteil, dass ich ein gewaltiges Stück vorrücken kann, aber während die Kassiererin – immer noch kauend und schmatzend – ihre Arbeit wiederaufnimmt, sind die Unehrlichen wahrscheinlich schon zu Hause und genießen ihre geklaute Ware.

Mir wird jetzt so schlecht vor Hunger, dass ich mich nicht mehr beherrschen kann und beginne, die Äpfel aus meinem Einkaufswagen zu verspeisen. Ungünstigerweise bekomme ich davon erst recht Appetit und verschlinge deshalb die noch nicht bezahlte Wurst. Die ist dermaßen salzig, dass ich davon wahnsinnigen Durst bekomme, den ich versuche, mit einer Tüte Milch zu löschen. Mangels geeignetem Werkzeug muss ich die weiche Folie mit den Zähnen aufreißen, weshalb ich die Hälfte verschütte.

Frisch gestärkt, hoffe ich, dass ich nun bald an der Kasse sein werde, aber da kommt der Verkaufsstellenleiter zur Kassiererin, um mit dieser das vorgeschriebene jährliche Kadergespräch durchzuführen.

Ich muss wohl einen Moment im Stehen eingenickt sein, denn ich habe nicht bemerkt, dass die bisherige Kasse geschlossen wurde. Plötzlich stehe ich mutterseelenallein in der Gegend herum, weil alle anderen Kunden zur zweiten Kasse hinüberge- wechselt sind. Notgedrungen muss ich mich jetzt ans Ende der neuen Schlange anstellen.

Nachdem ich mich erneut auf Sichtweite an diese Kasse her- angearbeitet habe, gibt es eine nächste Unterbrechung. Ein älterer Herr hat versucht, in seinen Schuhen zwei Schnitzel aus dem La- den zu schmuggeln. Die Kassiererin wird jedoch stutzig, als vom Fußboden plötzlich ein Bratenduft aufsteigt. Somit hat das lange Anstehen auch etwas Gutes. Es bewahrt die Konsumgenossen- schaft vor einem Verlust durch Diebstahl.

Für das Wartekollektiv hat der Vorfall allerdings den gravie- renden Nachteil, dass die herbeigerufene Volkspolizei nicht nur den Übeltäter, sondern auch die Kassiererin mit auf die Wache nimmt, was zu einem weiteren Stillstand führt. Während der die- bische alte Herr aber die Kaufhalle nach dreißig Minuten wieder betritt, um sich zu entschuldigen, fehlt von der Kassiererin weiter- hin jede Spur.

Nach drei Stunden esse ich den Käse aus meinem Einkaufs- wagen, um nicht vor Hunger umzufallen. Nun endlich schickt der Verkaufsstellenleiter eine Ersatzkassiererin ins Rennen. Während die Neue einen Kassensturz macht, verputze ich den noch unbezahlten Kuchen und trinke dazu eine ganze Flasche Kaffeelikör aus dem Regal neben mir.

Danach bin ich nicht nur satt, sondern mir macht das Warten jetzt ausgesprochenen Spaß. Ich werfe mit Bonbons um mich und lache hemmungslos, wenn ich jemanden getroffen habe. Dann lehne ich mich an die üppige Blondine hinter mir und erzähle ihr lauthals schmutzige Witze.

Plötzlich sind alle sehr nett zu mir und wollen mich sogar vorlassen.

Als ich endlich an der Kasse stehe, habe ich einen leeren Einkaufswagen, was die Kassiererin missbilligend kommentiert: „Jetzt schaut euch mal diesen Kerl an, stellt sich hier an, ohne irgendetwas eingekauft zu haben! Da ist es ja kein Wunder, wenn die Kunden so lange an der Kasse warten müssen."

Manche Leute lassen kaufen,
ich muss zu vollen Kassen laufen.

Eine griechische Tragödie (1982)

Ich liebe Tiere. Daher habe ich zu Hause einiges φ, das ja bekanntlich auch Mist macht.

Leider muss ich heute einen traurigen Vorfall schildern, den ich neulich auf dem Schlachthof mitangesehen habe. Was dort dem Φ angetan wurde, war wirklich schlimm. Zwei Kerle schlugen sehr ρ mit einem τ auf die Tiere ein und schrien dabei ζ und Mordio. Am liebsten hätte ich eingegriffen, aber Σ einer gegen die brutalen Θ. Ich hatte keine Chance, da konnte ich mir noch so viel μ geben. So musste ich tatenlos mitansehen, wie sie die Tiere mit η betäubten.

Zum Schluss stand nur noch ein λ und machte π-π.

Für alle, die mit dem griechischen Alphabet nicht vertraut sind, gibt es hier eine kleine Hilfe:

Ich liebe Tiere. Daher habe ich zu Hause einiges φ (klein phi), das ja bekanntlich auch Mist macht.

Leider muss ich heute einen traurigen Vorfall schildern, den ich neulich auf einem Schlachthof mitangesehen habe. Was dort dem Φ (groß phi) angetan wurde, war wirklich schlimm. Zwei Kerle schlugen sehr ρ (rho) mit einem τ (tau) auf die Tiere ein und schrien dabei ζ (zeta) und Mordio. Am liebsten hätte ich eingegriffen, aber Σ (sigma) einer gegen die brutalen Θ (theta). Ich hatte keine Chance, da konnte ich mir noch so viel μ (my) geben. So musste ich tatenlos mit ansehen, wie sie die Tiere mit η (eta) betäubten.

Zum Schluss stand nur noch ein λ (lambda) und machte π-π (pi-pi).

Diskretion (2024)

Ich betrete das gut gefüllte Wartezimmer der Arztpraxis. Wie es sich gehört, warte ich im vorgeschriebenen Diskretionsabstand, bis die Patienten vor mir abgefertigt sind. Dann trete ich an den Tresen und reiche der Arzthelferin meine Gesundheitskarte. Sie schaut darauf und fragt mich dann kichernd: „Waren Sie schon mal bei uns, Herr Ferkel?"

Alle Patienten im Wartezimmer werden hellhörig und schauen mich plötzlich neugierig an.

Nachdem ich geantwortet habe, dass ich zum ersten Mal in dieser Praxis bin, fragt sie mich nach meinen Beschwerden. Leise antworte ich, dass ich Schmerzen habe und den Arzt sprechen möchte. Das reicht ihr jedoch nicht, denn sie hakt lautstark nach: „Wo haben Sie denn die Schmerzen?" Da ich eigentlich nicht gewillt bin, hier vor allen Leuten meine Leidensgeschichte vorzutragen, versuche ich es mit einem Witz.
„Die Schmerzen habe ich zu Hause, auf der Straße und auch jetzt hier."

Während die Wartenden bereits ihre Zeitungen und Smartphones in den Schoß gelegt haben, um unserer Unterhaltung amüsiert zu folgen, wird die junge Dame hinter dem Tresen böse. Nur mühsam beherrscht sie sich, als sie mich belehrt: „Ich wollte wissen, was Ihnen weh tut. Wenn Sie mir nicht vernünftig antworten, kann ich Ihnen nicht helfen. Also welche Stelle Ihres Körpers ist betroffen?"

Ich überwinde meine Zurückhaltung und antworte leise: „Der Bauch." Sie scheint jedoch Hörprobleme zu haben, denn sie fragt laut und deutlich nach: „Der Bauch tut Ihnen weh?" Ich nicke und hoffe, dass sie jetzt zufrieden ist, aber weit gefehlt, denn sie will nun wissen, wo genau. In der Hoffnung, dass die interessierte Wartegemeinschaft es nicht sieht, zeige ich verstohlen auf eine Stelle unterhalb meines Bauchnabels.

Sie nickt verstehend, hört aber trotzdem nicht mit der Fragerei auf.

„Haben Sie Schmerzen beim Wasserlassen oder beim Sex?"

Ich antworte gedämpft: „Ich habe beides noch nicht probiert." Die medizinische Fachkraft schaut mich ungläubig an.

„Sie wollen mir doch wohl nicht einreden, dass Sie noch nie Wasser gelassen haben?!"

Die Wartegemeinschaft johlt. Eine alte Dame, deren Hörgerät wohl falsch eingestellt ist, fragt ihren Nachbarn: „Was haben sie gesagt?" Daraufhin wiederholt der Mann lautstark meine Aussage und die Antwort der Arzthelferin.

Aus den Augenwinkeln sehe ich, dass indessen auch schon Passanten auf der Straße stehenbleiben und neugierig zum geöffneten Fenster hereinschauen.

Jetzt reicht es mir endgültig. Ich erwidere wütend: „Ich habe diese Schmerzen erst seit etwa einer Stunde. Seitdem war ich weder auf der Toilette noch im Bett. Um Ihre Frage wahrheitsgemäß zu beantworten, müssten Sie mir Ihre Toilette und sich selbst zur Verfügung stellen."

Damit habe ich die Zuhörer zum Lachen, aber die Arzthelferin in Rage gebracht. Wütend knallt sie mir meine Versicherungskarte auf den Tresen und zeigt auf die Ausgangstür.

Ehrlich gesagt, bin ich froh, dass ich da raus bin und hoffe nur, dass mich niemand der wartenden Patienten später wiedererkennt.

Zu Hause wartet schon meine Frau auf mich. Bevor ich ihr erzähle, was mir heute passiert ist, teste ich, ob mir das Wasserlassen Schmerzen bereitet, was glücklicherweise nicht der Fall ist.

Dann berichte ich von meinen heutigen Erlebnissen. Meine Liebste schaut sich die schmerzende Stelle genau an, dann zieht sie mir einen langen Holzsplitter aus der Haut, den ich mir wohl beim bäuchlings Herumrutschen auf unserem Dachboden eingerissen hatte.

Der darauffolgende Test zeigt mir zum Glück, dass ich auch beim Sex keine Schmerzen habe.

> Wer gegen die Dummen und Rücksichtslosen kämpft,
> unterdrückt keine Minderheit.

Wissenschaft aus erster Hand (1980)

Ganz sicher haben auch Sie, meine verehrten Leser, sich schon einmal darüber gewundert, dass so viele Normaluhren in der Stadt auf Punkt zwölf stehen und sich das nicht ändert, so lange Sie sie auch beobachten. Nur wenige wissen, dass damit ein zukunftsträchtiges Projekt verwirklicht wird.

Davon ausgehend, dass es eine absolut genau gehende mechanische Uhr nicht gibt, und dass ein großer Mangel an Chronometer-Korrektoren herrscht, haben genaue Berechnungen in unserem Institut gezeigt, dass folgender Zusammenhang besteht: Je genauer eine Uhr geht, desto seltener stimmt sie mit der wirklichen Zeit überein. Wer diese paradox klingende Gesetzmäßigkeit nicht glauben will, den werden vielleicht einige Beispiele überzeugen:
Geht eine Uhr täglich eine Stunde nach, so braucht sie lediglich zwölf Tage, bis sie wieder einmal die genaue Zeit anzeigt. Geht sie nur eine Minute nach, dauert dieser Prozess schon 720 Tage und bei einer Sekunde am Tag müssen wir schon 43 200 Tage warten, bis unsere Uhr endlich wieder Normalzeit hat.

Was liegt also näher, als eine Uhr anzuhalten? Wir erreichen so den optimalen Wert von täglich zwei Übereinstimmungen und sparen nebenbei auch noch 100 % Energie.

Als Kinderkrankheit sehe ich es noch an, dass fast alle Normaluhren auf 12 Uhr stehen. Meiner Ansicht nach sollten sie alle verschiedene Zeiten anzeigen, denn so hätte ein die Stadt durchquerender Spaziergänger oder Autofahrer die Chance auf seinem Weg irgendwo die korrekte Uhrzeit angezeigt zu bekommen.

Dr. Uhro Kuckuck, Institut für Urologie

Marion Bergsdorf schrieb für die Märkische Allgemeine Zeitung u.a.

„Reisebeschreibungen sind nicht meine Sache, obwohl ich gerne reise. Entsprechend lustlos ging ich ans Lesen dieses Buches. Schon nach der ersten Geschichte entpuppte sich „Reisehusten" von Wilfried Hildebrandt als amüsante Abendunterhaltung. ..."
Instagram-Rezension

„Ich habe mich wunderbar unterhalten gefühlt. Wenn du gern ein Buch über das Reisen lesen magst, mit einer gehörigen Portion Humor, dann lang bei diesem Buch unbedingt zu !

Und wenn du dieses hier kaufst, kaufe direkt den zweiten Teil dazu, denn den wirst du im Anschluss lesen wollen!

Klare Leseempfehlung!"

Verlag: tredition GmbH, Hamburg

ISBN		Preise
Paperback	978-3-7345-8306-3	12,99 €
Hardcover	978-3-7345-8307-0	20,99 €
e-Book	978-3-7345-8308-7	2,99 €

Lesermeinungen bei Amazon
„Reisehusten ist mein zweites Buch von Wilfried Hildebrandt und auch dieses Mal wurde ich sehr gut unterhalten. Der Schreibstil ist sehr angenehm und reißt einen mit in dessen Urlaubsziel.
Gute Unterhaltung ist hier garantiert und einige Lacher auch. :-)
Ich kann dieses Buch wirklich jedem empfehlen zu lesen."

„Empfehlenswertes Buch, um dem Alltag zu entfliehen und über Urlaubsmissgeschicke lachen zu können. Denn das sind doch die Erinnerungen, die uns ein Schmunzeln aufs Gesicht zaubern. Lob an den Autor."

„Ich bin absolut begeistert, selten hat mich ein Buch so zum Lachen gebracht! Man kann sich richtig gut reinversetzen.
Gern mehr davon, z.B vom Alltag/Arbeitsleben."

Wilfried Hildebrandt
Wer nicht fährt, der fliegt
Mit Jetlag und Sicsac

Verlag: tredition GmbH, Hamburg
ISBN
Paperback   978-3-7439-5584-4   12,99 €
Hardcover   978-3-7439-5585-1   20,88 €
e-Book   978-3-7439-5586-8   2,99 €

Inhalt

Lesermeinungen bei Amazon

„Ein herrliches Buch. Ich habe manchmal laut gelacht. Einfach köstlich. Ich wünsche mir noch mehr vom Autor. Freu mich schon."

„Es hat Spaß gemacht, das Buch zu lesen. Ich hatte das Gefühl selbst alles miterlebt zu haben. Hoffentlich schreibt der Autor noch mehr Bücher!"

„Schon Reisehusten hat mich wunderbar unterhalten können und ich habe nicht nur trocken etwas über die verschiedenen Urlaubsorte gelernt, denn es war immer eine Prise Humor dabei... so hatte ich das Gefühl, dabei gewesen zu sein...
Wenn du gerade nicht verreisen kannst, dann lege dir dieses Werk zu und träume dich in den Urlaub"

Verlag: tredition GmbH, Hamburg
ISBN

Paperback	978-3-7469-6314-3	12,99 €
Hardcover	978-3-7469-6315-0	20,88 €
e-Book	978-3-7469-6316-7	2,99 €

Inhalt

In der Kindheit

Lehrjahre

Bei einem Genie

An der Uni

Bei den Elektronikern

Als Freiberufler

Im Lager

Strippen ziehen

Am Computer

Weiterbildung

In der Anstalt

Ende gut, alles gut

Lesermeinung bei Amazon

„Das Buch war wieder einmal köstlich zu lesen. Lothar Löwes Erleben hat mich in vielen Situationen an meinen eigenen Arbeitsalltag nur zu gut erinnert. Die Namen der Charaktere habe ich meinen ehemaligen Kollegen und Vorgesetzten zugeordnet. Herrlich."

Helge Treichel in der Märkischen Allgemeinen vom 04.10.2018:

Lächerliche Vorgesetzte und mehr

„Einen humoristischen und satirischen Rückblick auf sein 50-jähriges Berufsleben hat Wilfried Hildebrandt vorgelegt. Es ist das dritte Buch des 70-jährigen Autors nach zwei Reiseerinnerungen."

Wilfried Hildebrandt

Geliebte Feindin – verhasste Freunde

Roman

○ tredition

Verlag: tredition GmbH, Hamburg
ISBN

Paperback	978-3-7497-3481-8	12,99 €
Hardcover	978-3-7497-3482-5	20,99 €
e-Book	978-3-7497-3483-2	3,99 €

Worum geht es in diesem Buch?

Wenn sich ein Mann in eine Frau verliebt, dann ist das nichts Bemerkenswertes, denn so etwas passiert ständig überall auf der Welt. Wenn diese Frau jenen Mann auch liebt, ist das zwar sehr schön, aber ebenfalls nichts Außergewöhnliches. Stammt sie aus Polen und er aus Deutschland, so sollte das im Jahr 2017 auch kein Problem mehr darstellen. Gibt es jedoch alte Freunde des Mannes, die selbst vor kriminellen Handlungen nicht zurückschrecken, um diese Liebe zu verhindern, dann wird aus der Liebesgeschichte plötzlich ein spannender Krimi.

Frank Schulz, der Protagonist dieses Romans muss erst eine Reihe von körperlichen und seelischen Verletzungen über sich ergehen lassen, bis er begreift, wohin er gehört. Er bemerkt zu seiner Verwunderung, dass das Leben ohne Vorurteile und Ausländerfeindlichkeit viel schöner und freier ist.

Lesermeinung

„Ein Buch, das sehr gut dokumentiert, was in den Köpfen mancher Menschen vorgeht. Es passt wunderbar zur heutigen Zeit. Ich kann es nur weiterempfehlen. Es ist eine Lovestory, ein Krimi, ein Drama und ein Schicksalsroman."

Bewertungen auf Amazon

„Durch den angenehmen Schreibstil des Autoren habe ich sehr schnell und gut ins Buch gefunden. Eine Geschichte die mich gefesselt hat, mich zum Kopfschütteln und auch mal zum Lachen gebracht hat."

„Eine Geschichte, die mich berührt hat, mich wütend machte, mich ja auch hat lachen lassen... eine Geschichte die man einfach selbst lesen sollte, um zu empfinden, was ich während des Lesens empfunden habe..."

Wilfried Hildebrandt

Onkel Bürgermeister

Missbrauch und andere Verbrechen

Roman

Verlag: tredition GmbH, Hamburg
ISBN

Paperback	978-3-347-12133-1	12,99 €
Hardcover	978-3-347-12134-8	20,99 €
e-Book	978-3-347-12135-5	3,99 €

Eine für mich wirklich interessante und zugleich erschreckende Story...
Teilweise konnte ich mich von den Seiten nicht loseisen, weil ich unbedingt wissen wollte, wie es wohl weitergehen wird…
Wenn du gern Geschichten liest, die teils auf Tatsachen beruhen, dann solltest du dieses Buch auf jeden Fall lesen ...
Klare Leseempfehlung.
Eine Rezension von

lesend_durchs_leben

Ursulas Vater wurde kurz nach Ende des zweiten Weltkrieges von Russen erschossen. Die 13-jährige muss ab sofort für den Unterhalt der Familie aufkommen und nimmt eine Stelle als Haushaltshilfe beim Bürgermeister an. Leider missbraucht er sie und sie wird schwanger. Ihre Mutter verstößt sie und ihr bleibt nichts anderes übrig, als ihr Kind Walter zur Adoption freizugeben. Nach seinem Studium landet er in Elbwitz und legt sich gleich mit dem dortigen Bürgermeister an. Bei den nächsten Wahlen kandidiert Walter auch als Bürgermeister. Dann nimmt es einen unerwarteten Verlauf. Wird er jemals gegen ihn eine Chance haben? Wir begleiten hier Walter von klein auf und nehmen teil an seiner Kindheit, später den Kampf gegen den Machtapparat der ehemaligen DDR. Auch nach der Wende hat Walter im Dorf immer noch zu kämpfen.
Mit seinem sachlichen Schreibstil führt uns Wilfried Hildebrandt durch die Zeilen. Ein wenig mehr Emotionen hätten dem Buch nicht geschadet. Man bekommt zwar die Stimmungen zu spüren und leidet mit den Protagonisten, aber mir hat irgendwas gefehlt.
Auf jeden Fall ist es eine sehr interessante Geschichte, die wahrscheinlich in ähnlicher Form gang und gäbe in der ehemaligen DDR war.
Sehr anschaulich schildert er das sehr eingeschränkte Leben der Bewohner, wobei es manchmal zu detailliert ist.
Gut integriert sind die passenden Sprichwörter zwischen den Zeilen.
Fazit: ein sehr interessanter Roman, in dem Korruption, Amtsmissbrauch, Missbrauch Minderjährigen und Verrat eine große Rolle spielen.
Eine Renzension von

Helgas Bücherparadies

Ausgabe	ISBN	Preis
Paperback	978-3-347-55326-2	12,99 €
Hardcover	978-3-347-55328-6	20,99 €
E-Book	978-3-347-55329-3	3,99 €

Amazon-Bewertungen:

Einblick in die Querdenkerszene

Beim Lesen dieses Buches wurde mir bange. Manchmal dachte ich, ich lese die Nachrichten aus der jetzigen Zeit. Der Autor zeigt sehr gut auf, wie weit die Verschwörungstheorien gehen können, wie Leben und sogar ein ganzes Land zerstört werden. Passt in die Situation mit der Pandemie. Ich hoffe auf eine Fortsetzung in der alles wieder gut wird. Danke für den Mut, diesen Roman zu schreiben.
Rosemarie Vastmans

Tolles Buch

Dies war mein drittes Buch von Wilfried Hildebrandt und auch mit diesem Werk konnte mich der Autor überzeugen. Der Schreibstil ist wie gewohnt flüssig und leicht zu lesen. Man steigt schnell in die Geschichte ein und ist gebannt von der Story. Hier wird einen vor Augen geführt das es nach wie vor viele Schwachköpfe auf dieser Welt gibt. Und das ist nicht mal freien erfunden sondern sieht man teilweise auch im realen Leben „dank" der Pandemie. Mir hat es gut gefallen das man nicht nur aus einer Perspektive lesen konnte sondern aus mehreren, um die Charaktere näher kennenzulernen. Ein gelungenes Werk wo es vielleicht auch eine Fortsetzung gibt? Ich würde mich freuen!
Barbara

Ein mitreißender Roman

Dieses Buch hat mich nicht mehr losgelassen.
Noch ein paar Seiten lesen… doch ich konnte es nicht zur Seite legen.
Wenn du gern verworrenes liest und dich voll und ganz fesseln lassen magst… dann solltest du diese Werk lesen. Es ist unglaublich wie Menschen sich verhalten können und was aus ihrem Verhalten heraus passieren kann. Lies am besten selbst!
lesend_durchs_leben

Wilfried Hildebrandt
Was für ein Milieu!

Abenteuerland Prenzlauer Berg

Erzählungen

Ausgabe	ISBN	Preis
Paperback	978-3-347-83369-2	14,00 €
Hardcover	978-3-347-83370-8	22,00 €
E-Book	978-3-347-83371-5	4,99 €

Erhältlich im shop.tredition.com sowie bei Amazon und in jeder guten Buchhandlung.

Wilfried Hildebrandt schildert den DDR-Alltag, die Schikanen der willigen Helfer der Staatsmacht, fiese Stasimethoden und die Abgründe von Ehe, Familie und Hausgemeinschaften. Da werden Einbrüche begangen, Kinderwagen abgefackelt und Autoräder geklaut. Nachbarn werden verpfiffen und schikaniert. Aber es gibt immer wieder auch hoffnungsvolle Lichtblicke.

Im Kapitel „Ein heißer Herbst" geht es um die politischen Diskussionen, neue Unsicherheiten und die Taten der Rachsüchtigen während der Wendezeit. Nach einem Zeitsprung landet der Leser in den etablierten Wirklichkeiten der 2000er-Jahre. Im Haus verschwinden Pakete. Der Protagonist stellt sich diesem neuerlichen Kriminalfall und nimmt die – letztlich erfolgreichen – Ermittlungen auf.

Zum Schluss berichtet Wilfried Hildebrandt darüber, auf welche Weise ein neuer Hauseigentümer die Mieten nach oben schraubt und sich der angestammten DDR-Mieter entledigt. Darunter er selbst. „Wenn wir weiter im Prenzlauer Berg leben wollten, würden wir uns wohl an den schwäbischen Dialekt gewöhnen müssen", so der Autor. „Die Schwaben waren allem Anschein jetzt das, was früher die Sachsen für uns gewesen waren. Sie sprachen den Dialekt des Erfolgreichen."

Helge Treichel in der MAZ vom 03.05.2023

⭐⭐⭐⭐⭐ **Kurzweilig und realistisch**
Rezension aus Deutschland vom 8. Februar 2024

Dieses Buch besticht durch seine kurzweiligen autobiographischen Erzählungen in verschiedenen Perioden von der Nachkriegszeit bis zur Gegenwart. Besonders die Erlebnisse in der Nachkriegszeit haben mich berührt.

Das war nicht das erste und wird nicht das letzte Buch vom Autor sein, welches ich las bzw. lesen werde.

⭐⭐⭐⭐⭐ **Amüsant und spannend gleichzeitig!**
Rezension aus Deutschland vom 30. April 2023

Der Autor hat es geschafft mich durch die Jahre (im Buch) immer zu unterhalten.

Mal brachte er mich zum Lächeln, ein anderes Mal blieb mir der Atem weg. Ein wirklich spannendes und lesenswertes Buch.

⭐⭐⭐⭐⭐ **Ein Haus, ein Leben, viele Geschichten!**
Rezension aus Deutschland vom 28. April 2023

Wilfried Hildebrandt liefert mit diesem autobiographischen Buch einen spannenden Einblick in die Geschichte in und um seine Wohnung in Berlin. Die Erzählungen, die alle rund um das Haus in der Seeländer Straße spielen, beginnen in seiner Kindheit, sind mal amüsant, mal erschütternd und manchmal auch tragisch, aber so spielt das Leben halt. Als Leser ist man immer mitten im Geschehen mit dabei und wird stets bestens unterhalten.

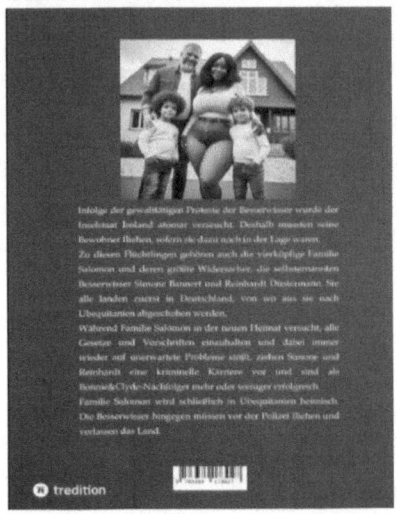

In diesem Buch werden die Verhaltensweisen von Flüchtlingen gegenübergestellt.

Simone und Reinhardt schlagen eine kriminelle Karriere ein, die ihnen ein angenehmes Leben, aber auch die ständige Angst, erwischt zu werden, einbringt.	Familie Salomon versucht, sich gesetzestreu zu verhalten, leidet aber unter Ausländerfeindlichkeit und wird durch Bürokratie und unfähige Beamte immer wieder behindert.

Spitzenrezensionen aus Deutschland

Tom Wollenberg

5,0 von 5 Sternen

Ich würde empfehlen das Buch „Die Besserwisser von Isoland: Wie man ein Paradies zerstört" vorher zu lesen. Es gibt zwar in diesem Buch eine kurze Einführung, jedoch gibt es in ersten Buch tiefere Einblicke in die Charaktere. Das Buch „Die Besserwisser auf der Flucht: Von Gangstern, Bürokraten und Opfern" ist jetzt die Fortsetzung.

Die Geschichte zeigt auf, wie unterschiedlich Leben doch sein können. Simone & Reinhardt eifern Bonny & Clyde nach und Familie Salomon versucht alles, um sich an die Gesetze zu halten - allerdings wird ihnen dies nicht gerade einfach gemacht. Es hat mir Freude bereitet von Seite zu Seite ein Teil der beiden Lebensmodelle sein zu können.

Ich kann beide Werke nur wärmstens empfehlen.

Ausgabe	ISBN	Preis
Paperback	978-3-384-17302-7	14,00 €
Hardcover	978-3-384-17303-4	22,00 €
E-Book	978-3-384-17304-1	4,99 €

Zeitfracht Medien GmbH
Ferdinand-Jühlke-Straße 7
99095 Erfurt, Deutschland
produktsicherheit@kolibri360.de